Bianca

D0882174

EMBARAZO POR CONTRATO
MAYA BLAKE

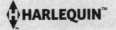

HARLEQUIN™

Editado por Harlequin Ibérica.
Una división de HarperCollins Ibérica, S.A.
Núñez de Balboa, 56
28001 Madrid

© 2017 Maya Blake
© 2018 Harlequin Ibérica, una división de HarperCollins Ibérica, S.A.
Embarazo por contrato, n.º 2622 - 16.5.18
Título original: Pregnant at Acosta's Demand
Publicada originalmente por Mills & Boon®, Ltd., Londres.

I.S.B.N.: 978-84-9188-074-5
Depósito legal: M-7146-2018
Impresión en CPI (Barcelona)
Fecha impresion para Argentina: 12.11.18
Distribuidor exclusivo para España: LOGISTA
Distribuidor para México: Distibuidora Intermex, S.A. de C.V.
Distribuidores para Argentina: Interior, DGP, S.A. Alvarado 2118.
Cap. Fed./Buenos Aires y Gran Buenos Aires, VACCARO HNOS.

Capítulo 1

NO TE gires, pero acaba de entrar el protagonista de tus sueños más tórridos y mis pesadillas.

Como era de esperar, Suki Langston no pudo evitar girar la cabeza hacia la entrada del pub a pesar de aquella advertencia. Desde el reservado de la esquina en el que Luis Acosta, su mejor amigo, y ella estaban sentados, observó como el recién llegado, Ramón, el hermano de él, paseaba su mirada incisiva por el local. Cuando finalmente dio con ellos, entornó los ojos, y Suki sintió que una ola de calor la invadía.

–Mira que te he dicho que no te giraras; no sé ni por qué me molesto en avisarte –comentó Luis.

Suki se volvió irritada hacia él.

–Pues sí, ¿por qué has tenido que hacerlo?

Luis, que estaba sentado frente a ella, la tomó de ambas manos y, con un brillo divertido en los ojos, la picó diciéndole:

–Solo quería ahorrarme el triste espectáculo de verte dar un respingo y estremecerte como un ratoncillo acorralado cuando apareciera detrás de ti. La última vez que coincidisteis casi te da un soponcio.

A Suki se le subieron los colores a la cara.

–No sé ni por qué te aguanto. Eres lo peor.

Luis se rio y aunque ella intentó apartar sus manos, él no se lo permitió.

–Me aguantas porque por algún capricho del destino nacimos el mismo día, porque te evité una reprimenda del profesor Winston el primer día de clase, en la facultad. Y eso sin olvidarnos del sinfín de veces que te he salvado el trasero desde entonces –apuntó él–. Y por eso creo que deberías darme las gracias aceptando ese puesto que te he ofrecido en la empresa de mi familia.

–¿Y tenerte todo el día encima de mí? No, gracias. Estoy encantada trabajando para Interiores Chapman porque me gusta decorar hogares, no hoteles de cinco estrellas.

Él se encogió de hombros.

–Lo que tú digas. Un día entrarás en razón.

–¿Ya estás viendo cosas otra vez en tu bola de cristal?

–No necesito una bola de cristal para eso. Ni para saber que te llevarías mejor con Ramón si te enfrentaras de una vez al hecho de que estás loca por él.

Suki intentó pensar una respuesta ingeniosa para ponerlo en su sitio, pero sabía que era una batalla perdida. Al dudoso don que tenía de que siempre se le ocurría la contestación perfecta pasadas horas o días, se le añadía su espantosa timidez, que escogía momentos como aquel para aflorar y le impedía pensar con claridad.

Y la razón por la que no podía pensar con claridad era el hombre que acababa de entrar en el pub. Podía sentirlo acercándose, podía... ¡Por amor de Dios, pero si ese día cumplía veinticinco años! Ya no era una adolescente ingenua; tenía que comportarse como una adulta. Tenía que levantar la cabeza y mirar a Ramón a la cara.

Alzó la barbilla y elevó la vista hacia aquel gigante de metro noventa y cinco, todo elegancia y poder contenido que acababa de llegar al reservado. Tenía que dejar de mirar embobada esa mandíbula cuadrada, y los rasgos perfectos, como esculpidos, de su cara. Tenía que mirarlo a los ojos...

–Feliz cumpleaños, hermano –le dijo Ramón a Luis en español.

Suki sintió que un cosquilleo le recorría la espalda al oír esa voz aterciopelada. Dios... Era tan guapo... Volvió a bajar la cabeza y tragó saliva.

–Gracias –le contestó Luis. Y luego, en inglés, añadió con una sonrisa irónica–: Aunque ya estaba empezando a pensar que no vendrías.

Ramón se metió las manos en los bolsillos.

–Apenas son las once –respondió en un tono tirante.

Suki levantó la vista tímidamente y pilló a Ramón mirando con los ojos entornados la mano de su hermano sobre la suya. Luego miró a este, que hizo una mueca y apartó la mano antes de encogerse de hombros.

–En fin, siéntate –le dijo Luis–. Iré por la botella de champán que he pedido que pusieran a enfriar.

Se levantó de su asiento, se dieron un abrazo y Ramón le dijo algo que Suki no oyó bien. Viéndoles así, el uno junto al otro, el parecido entre ambos era innegable. Solo se diferenciaban en el color de los ojos, Luis los tenía marrones y Ramón verdes; en la estatura, Ramón era más alto que Luis; y en el pelo, que Luis tenía castaño oscuro, mientras que el de Ramón era negro azabache. Sin embargo, mientras que Luis, con su cara y su estatura hacía que las mujeres se volvieran para mirarlo, Ramón cautivaba por completo a quien cometía el error de posar sus ojos en él.

Por eso, al poco de que Luis se alejara, y a pesar de

que no hacía más que repetirse que debería mirarlo a la cara, Suki se encontró con que no podía levantar la vista. En un intento por disimular el temblor de sus dedos, apretó las manos contra su vaso de vino blanco con gaseosa, y se le cortó el aliento al ver que Ramón se sentaba a su lado en vez de ocupar el sitio de Luis, como había creído que haría.

Los segundos pasaron lenta y dolorosamente mientras los ojos de Ramón, fijos en ella, escrutaban su perfil.

—Feliz cumpleaños, Suki —le dijo en español.

Su voz tenía un matiz misterioso, oscuro, peligroso... O quizá fuera solo cosa de su febril imaginación. Se estremeció por dentro, y se remetió un mechón tras la oreja antes de volver a apretar con fuerza el vaso.

—Gracias —murmuró, aún con la cabeza gacha.

—Lo normal es mirar a una persona a los ojos cuando te habla —la increpó Ramón—. ¿O es que tu bebida es más interesante que yo?

—Lo es. Me refiero... me refiero a que es lo normal, no a que mi bebida sea...

—Suki, mírame —la interrumpió él en un tono imperioso.

No habría podido negarse aunque hubiera querido. Cuando giró la cabeza, se encontró con sus intensos ojos verdes fijos en ella.

Apenas conocía a Ramón, solo de verlo unas cuantas veces. La primera había sido hacía tres años, cuando Luis se lo había presentado en la ceremonia de graduación en la universidad, y a cada vez que había vuelto a coincidir con él, más difícil se le hacía articular palabra. Era absurdo. Además, no era ya solo que Ramón estuviera completamente fuera de su alcance, sino que también estaba comprometido. La afortunada era Svetlana Roskova, una modelo rusa guapísima.

Sin embargo, una vez levantó la vista, ya no pudo despegar sus ojos de él, ni pensar en otra cosa que no fuera lo increíblemente irresistible que era: su piel aceitunada, su recio cuello, cuya base dejaban entrever dos botones desabrochados de su camisa azul marino, sus largos dedos...

–Mejor así –murmuró con satisfacción–. Me alegra no tener que pasar el resto de la noche hablándole a tu perfil, aunque no sea verdad eso de que si alguien te mira a los ojos mientras habla puedas saber si está siendo sincero.

Suki detectó en su voz un matiz evidente de resentimiento, envuelto en una ira apenas disimulada.

–¿Te... te ha pasado algo? –aventuró–. Pareces algo molesto.

Él se rio burlón.

–¿Tú crees? –le espetó.

Su tono tornó la perplejidad de Suki en irritación.

–¿Te divierte que me preocupe por ti?

Los ojos verdes de Ramón escrutaron su rostro, deteniéndose en sus labios.

–¿Estáis juntos mi hermano y tú? –le preguntó de sopetón, sin responder a su pregunta.

–¿Juntos? –repitió ella como un papagayo–. No sé a qué te...

–¿Quieres que sea más explícito? ¿Te estás acostando con mi hermano? –exigió saber.

Suki resopló espantada.

–¿Perdona?

–No hace falta que te finjas ofendida por mi pregunta. Con un sí o un no bastará.

–Mira, no sé lo que te pasa, pero es evidente que

esta mañana al despertarte te has levantado de la cama con el pie izquierdo, así que...

Ramón masculló un improperio en español.

—Haz el favor de no hablarme de camas.

Suki frunció el ceño.

—¿Lo ves?, me estás dando la razón. Lo que me lleva a preguntarte por qué has venido al cumpleaños de tu hermano si de tan mal humor estás.

Ramón apretó los labios.

—Porque soy leal —le espetó—. Porque cuando doy mi palabra, la cumplo.

La gélida furia con que pronunció esas palabras la dejó sin aliento.

—No estaba cuestionando tu lealtad ni...

—Aún no has respondido a mi pregunta.

Suki, que no acababa de entender el giro que había dado la conversación, sacudió la cabeza.

—Probablemente porque no es asunto tuyo.

—¿Eso crees, que no es asunto mío? —le espetó él mirándola ceñudo—. ¿Cuando Luis te trata como si fueras suya, y tú me devoras con los ojos?

Suki lo miró entre espantada e indignada.

—¡Yo no...!

Ramón soltó una risotada cruel.

—Cuando llegué, hacías como que no te atrevías a mirarme, pero desde que te giraste no me has quitado los ojos de encima. Pues te haré una advertencia: por más que quiera a mi hermano, lo de compartir a una mujer con otro no me va, así que vete olvidando de que vayamos a hacer ningún *ménage à trois*.

—Eres... ¡Dios, eres despreciable! —exclamó ella.

No sabía qué la horrorizaba más: si que se hubiera dado cuenta de lo atraída que se sentía por él, o que no tuviese el menor reparo en soltárselo a la cara.

–¿No será más bien que te has llevado un chasco porque te he aguado esa fantasía que te estabas montando en la cabeza?

–Te aseguro que no sé de qué me hablas. Y lo siento si alguien te ha extraviado un puñado de millones, o le ha pegado un puntapié a tu perro, o lo que sea que te ha puesto de tan mal humor, pero estás a un paso de que te tire mi bebida a la cara, así que te sugiero que cierres la boca ahora mismo. Además, ¿cómo te atreves a hablarme de tríos? ¿No estás comprometido?

En ese momento apareció Luis con la botella de champán y tres copas.

–¡Madre de Dios!, ¿cuánto rato hace que me fui? –les preguntó–. Porque yo juraría que no hace ni cinco minutos, y vuelvo y os encuentro a punto de liaros a puñetazos. Me sorprendes, ratoncito; no lo esperaba de ti –picó a Suki.

Ella sacudió la cabeza.

–Te aseguro que yo no...

–Estaba dejándole claras unas cuantas cosas a tu novia –intervino Ramón.

Luis enarcó las cejas y se echó a reír.

–¿Mi novia? ¿De dónde has sacado esa idea?

Ramón relajó levemente la mandíbula antes de encogerse de hombros.

–¿Quieres decir que no lo es?

Suki apretó los dientes.

–¿Podríais dejar de hablar de mí como si no estuviera delante?

Ramón la ignoró y se quedó mirando a su hermano, como esperando una respuesta. Luis dejó las copas y la botella en la mesa para sentarse frente a ellos.

–Es como una hermana para mí y me preocupo por ella –le contestó Luis–. Es mi amiga, y como amigo suyo me considero con el derecho de darle una patada en el trasero a quien intente siquiera a hacerle daño. Es...

–De acuerdo, de acuerdo, lo he entendido –lo cortó Ramón.

–Bien. Me alegra que lo hayamos aclarado –contestó Luis.

Suki giró la cabeza hacia Ramón.

–¿Te ha quedado claro? –le preguntó entre dientes.

Ramón esbozó una media sonrisa, como si ahora que su hermano se lo había explicado lo encontrara divertido.

–Parece que malinterpreté la situación –dijo.

–¿Se supone que eso es una disculpa? –inquirió ella con aspereza.

Los ojos de él se oscurecieron.

–Si quieres que me disculpe, tendrás que darme algo de tiempo para encontrar las palabras adecuadas.

A Suki le costaba creer que alguien tan seguro de sí mismo pudiera quedarse sin palabras. Había convertido el negocio de sus padres, que habían empezado con algunos hoteles en Cuba, en la prestigiosa cadena internacional Acosta Hoteles, a la vez que se entregaba a su pasión: el arte. De hecho, según le había contado Luis, de la noche a la mañana sus cuadros y esculturas estaban muy solicitados.

–Pareces de peor humor que de costumbre, hermano –observó Luis mientras retiraba el aluminio que recubría el corcho de la botella–. Casi puedo ver el humo saliéndote por las orejas.

Ramón apretó los labios.

–¿Es así como quieres pasar el resto de tu cumpleaños?, ¿haciendo chistes a mi costa?

—Solo intentaba distender un poco el ambiente, precisamente porque es mi cumpleaños, pero si no quieres contarme qué te pasa, al menos contesta el maldito teléfono; debe llevar como cinco minutos vibrándote en el bolsillo.

Ramón le lanzó una mirada irritada, se sacó el móvil del bolsillo, y apenas lo miró antes de apagarlo.

Luis se quedó boquiabierto.

—¿De verdad has apagado el móvil? ¿Te encuentras mal? ¿O es que estás ignorando las llamadas de alguna persona en concreto?

—Luis... —dijo Ramón en tono de advertencia.

Su hermano, sin embargo, no hizo ningún caso.

—¡Dios!, ¿no me digas que hay problemas en el paraíso? ¿Los tacones de aguja han hecho tropezar a la gran Svetlana en la pasarela y ha caído en desgracia?

Las facciones de Ramón se endurecieron.

—Iba a esperar para decírtelo, pero ya que sacas el tema... desde esta mañana ya no estoy comprometido.

Un silencio atronador descendió sobre el reservado. Las palabras de Ramón rebotaban como una bala en la mente de Suki. Ya no estaba comprometido...

El brusco chasquido del corcho al salir disparado hizo a Suki dar un respingo. Luis le tendió una copa.

—Bébetela, ratoncito. Ahora tenemos dos... no, tres razones para celebrar —le dijo.

—Vaya, me alegra que nuestra ruptura te haga tan feliz —murmuró Ramón en un tono gélido.

Luis se puso serio.

—Desde el principio respeté vuestra relación, pero sabes que siempre he pensado que no era la mujer adecuada para ti. No sé si fuiste tú quien decidió romper o si fue ella, pero...

–Fui yo.

Luis sonrió.

–Pues entonces, celébralo con nosotros o aprovecha para ahogar tus penas.

Ramón levantó su copa, les deseó de nuevo feliz cumpleaños a los dos, y se la bebió de un trago. Suki solo tomó unos sorbitos de la suya, pero Luis se puso a servirse una copa tras otra, mientras la tensión entre Ramón y ella iba en aumento.

–Hora de empezar a lo grande mi segundo cuarto de siglo –anunció Luis de pronto, levantándose, con los ojos fijos en una despampanante pelirroja, que no hacía más que sonreírle desde otra mesa.

Suki, aliviada, empujó a un lado su copa.

–Pues yo creo que me voy a casa –murmuró.

–Quédate –le dijo Ramón. Y antes de que ella pudiera replicar se volvió hacia su hermano–. Tengo mi limusina fuera esperando. Dile al chófer a dónde quieres que os lleve.

Luis le plantó la mano en el hombro.

–Te agradezco el ofrecimiento, pero voy a ir con pies de plomo con esa florecilla; no quiero abrumarla con nuestros lujos de millonarios y que salga huyendo.

Ramón se encogió de hombros.

–Por mí como si quieres tomar el autobús. Mientras el lunes por la mañana llegues a la oficina a tu hora, sobrio y de una pieza...

–Lo haré, si tú me prometes que te asegurarás de que Suki llegue a casa sana y salva.

Ella sacudió la cabeza, agarró su bolso y se puso de pie.

–No hace falta, en serio. Llegaré bien.

Y ella sí que se iría en autobús; tenía que vigilar

sus gastos. Al menos no le había sonado el móvil desde la última vez que había llamado al hospital, hacía cuatro horas, así que su madre debía estar pasando la noche tranquila. O eso esperaba.

–Siéntate, Suki –le dijo Ramón en un tono autoritario–. Tú y yo no hemos acabado de hablar.

Ella le lanzó una mirada desesperada a Luis, pero su amigo se limitó a inclinarse sobre la mesa para darle un abrazo y le susurró al oído:

–Es tu cumpleaños y la vida es demasiado corta. Date un respiro y vive un poco. Te hará feliz, y a mí muchísimo más.

Y antes de que pudiera responder, Luis se alejó en dirección a la mesa de la pelirroja, con esa sonrisa que hacía que las mujeres se derritieran.

–He dicho que te sientes –insistió Ramón.

Difícilmente podría salir del reservado con él bloqueando la salida. Con las palabras de Luis resonando en su mente, volvió a sentarse muy despacio.

–No sé para qué quieres que me quede –le dijo–; no tengo nada que decirte.

Ramón volvió a escrutar su rostro con esa intensa mirada que la ponía nerviosa.

–Creía que habíamos quedado en que te debía... algo.

–Una disculpa. ¿Tanto te cuesta decir la palabra?

Ramón se encogió de hombros y abrió la boca para responder, pero los ocupantes de una mesa cercana prorrumpieron en ruidosas risotadas, propiciadas sin duda por el alcohol.

Ramón puso cara de asco, se levantó y, haciéndose a un lado para que ella pudiera salir, le dijo:

–Ven, continuaremos esta conversación en otro sitio.

Suki obedeció, aunque no porque él se lo ordenase, sino porque cuando estuvieran fuera del local podría ponerle alguna excusa y escabullirse. Lo último que le apetecía era tener que seguir aguantando su malhumor.

Las experiencias que había tenido en el trato con el sexo opuesto, incluido su propio padre, la habían llevado a desconfiar de los hombres en general. Pero después de conocer a Luis había pensado que debía haber más excepciones a la regla como él y, desoyendo los consejos de su madre, había empezado a salir con su exnovio, Stephen, seis meses atrás. Por desgracia había resultado ser un canalla que salía con varias mujeres al mismo tiempo. Y la parte de ella que aún estaba dolida, estaba advirtiéndole de que debía evitar como a la peste a Ramón.

Por eso, al salir del pub al frío aire del mes de octubre, inspiró profundamente y echó a andar, pero antes de que hubiera dado tres pasos Ramón la agarró por el codo para hacer que se detuviese.

–¿Adónde crees que vas? –inquirió poniéndose delante de ella.

Aunque le temblaban las piernas por su proximidad y la ferocidad de su expresión, Suki lo miró a los ojos y respondió:

–Es tarde.

–Sé perfectamente qué hora es –murmuró él, y cuando dio un paso hacia ella se rozaron sus muslos.

A Suki le flaqueaban las rodillas.

–Tengo que... Debería irme.

Ramón dio un paso más, arrinconándola contra el muro del pub, y plantó las manos a ambos lados de ella, impidiéndole la huida.

–Sí, quizás deberías. Pero yo sé que no quieres irte.

Ella sacudió la cabeza.

–Sí que quiero.

Ramón se inclinó hacia ella y sintió su cálido aliento en el rostro.

–No puedes irte; aún tengo que disculparme contigo.

–¿O sea que admites que me debes una disculpa?

Ramón la miró con ojos hambrientos antes de bajar la vista a sus labios.

–Sí, pero no voy a ofrecerte mis disculpas aquí, en medio de la calle.

Aunque no lo creía posible en esa situación, Suki se encontró riéndose.

–Sabes cuántos años cumplo hoy; ya no me chupo el dedo.

Ramón apartó una mano de la pared para acariciarle la mejilla.

–Puedo decirte lo que quieres oír y dejar que te vayas... o puedes dejar que te lleve a casa, como le he prometido a Luis, y de camino disculparme como es debido. Imagino que querrás que mi hermano se quede tranquilo, ¿no?

–Ya soy mayorcita para volver sola; estoy segura de que Luis lo entenderá. Y lo único que quiero es una disculpa –insistió.

–Quieres más que eso. Quieres dejarte llevar, arrancar la fruta prohibida del árbol y darle un mordisco. ¿No es verdad, Suki?

«No». Abrió la boca para decirlo, pero la palabra se le quedó atascada en la garganta.

Ramón quitó la otra mano de la pared y retrocedió lentamente, como tentándola con lo que se iba a perder, y Suki no se dio cuenta de que lo había seguido al borde de la acera hasta que una limusina negra se acercó y se detuvo detrás de él. Ramón abrió la puerta trasera.

–Vas a subir al coche y a dejar que te lleve a casa, Suki. Lo que pase después, depende de ti. Solo de ti.

Capítulo 2

DE ACUERDO –murmuró Suki.

Nada más pronunciar esas palabras, su instinto le dijo que ya no había vuelta atrás.

Ramón la ayudó a subir al coche, se sentó a su lado, y cuando se cerró la puerta los envolvió un silencio cargado de tensión sexual.

–¿Dónde vives? –le preguntó.

Ella le dio la dirección, y Ramón se la repitió al chófer antes de subir la pantalla que los separaba de él para que pudieran tener intimidad.

–Debe haber dos docenas de pubs entre donde tú vives y donde vive Luis. ¿Por qué escogisteis para quedar un sitio en las afueras? –le preguntó mientras se ponían en marcha.

–Un amigo de la universidad acaba de heredar el local de sus padres. Luis le prometió que vendríamos para celebrar nuestros cumpleaños –respondió ella, aliviada por aquel inofensivo tema de conversación.

Por desgracia, sin embargo, aquel respiro no le duró demasiado.

–¿Y siempre haces lo que dice mi hermano? –le preguntó Ramón, en un tono muy distinto.

Los dedos de Suki apretaron el asa del bolso sobre su regazo.

–¿Estás intentando provocar otra discusión? Porque, si no recuerdo mal, aún me debes una disculpa.

Ramón le arrancó el bolso, lo arrojó a un lado, y hundió los dedos en su pelo. Al ver el brillo resuelto en sus ojos, Suki se notó de pronto la boca seca. Ramón se quedó mirándola una eternidad, y estaba tan cerca de ella que el aliento de ambos se mezclaba.

–Lo siento –murmuró–. Lamento lo poco acertado que he estado en mis conjeturas respecto a mi hermano y a ti. Y aunque no estoy de muy buen humor esta noche, no es excusa para el comportamiento que he tenido, así que espero que aceptes mis disculpas.

Sus palabras parecían sinceras, y silenciaron momentáneamente la voz de alarma que se había disparado en su cerebro.

–Es-está bien –balbució.

Los dedos de Ramón se movieron en círculos, masajeándole sensualmente el cuero cabelludo, y Suki sintió como afloraba un calorcillo en su vientre.

–¿Satisfecha? –le preguntó Ramón.

–Eso... eso depende.

Ramón enarcó una ceja.

–¿De qué?

–De si vas a empezar otra discusión o no.

–No, preciosa –murmuró él–, estoy a punto de empezar algo completamente distinto, y lo sabes.

–Yo no...

–Basta, Suki. Ya te he dicho que lo que pase a partir de este momento depende de ti, pero tengo la impresión de que tengo que darle a esto un empujoncito antes de que uno de los dos muera de impaciencia. La única palabra que quiero oír de esos apetitosos labios tuyos ahora mismo es un «sí» o un «no». Te deseo... Dejando a un lado mi poco ejemplar comportamiento de esta noche, ¿me deseas tú también a mí? ¿Sí o no?

A Suki se le subió el corazón a la garganta. Llevaba tres largos años encaprichada con aquel hombre, pero hasta entonces jamás había albergado la más mínima esperanza de que un día lo tendría frente a sí diciéndole esas cosas.

Sacudió la cabeza. Aquello no era una buena idea... Tragó saliva y se pasó la lengua por los labios.

Los dedos de Ramón se tensaron y un ruido ahogado escapó de su garganta. A punto de pronunciar la palabra que la liberaría de aquella locura, Suki bajó la vista. No podía decirlo mirándolo a la cara. Sus labios estaban tan cerca, y ella se moría por un beso... Solo un beso...

¿Por qué no? Así se daría cuenta de que no era un dios, de que únicamente lo había elevado a esa categoría porque se sentía sola y por sus absurdas fantasías de cuento de hadas.

–Suki...

Su nombre en labios de Ramón era como una cadena que tirara irremediablemente de ella.

Se notaba los senos pesados y una sensación cálida y húmeda entre las piernas, donde parecía haberse alojado un ansia irrefrenable.

–Sí...

La palabra se había resbalado de sus labios; había sucumbido a la tentación.

A Ramón no le hizo falta que se lo dijera dos veces. Con una brusca exhalación la atrajo hacia sí y su boca, apremiante, se abalanzó sobre la de ella.

Le acarició los labios con la lengua, atrevidamente, una y otra vez, antes de urgirla, sin mediar palabra, a que abriera la boca. Suki claudicó, temblorosa, sin poderse creer aún que estuviese besando a Ramón Acosta.

Un cosquilleo eléctrico la recorrió de la cabeza a los pies, arrancando gemidos de su garganta, que eran sofocados por los labios de Ramón, fusionados con los suyos. La habían besado antes, las suficientes veces como para saber que no había un beso igual a otro, y que había quien besaba mejor y peor, pero nunca la habían hecho gemir, y aquel beso no podía compararse a ningún otro.

Cada caricia de la lengua de Ramón, cada caricia de sus labios le provocaba un estallido de placer y la hacía apretarse contra él, suplicando más.

Cuando la necesidad de respirar los obligó a separarse, Ramón apenas le concedió unos segundos de descanso, acariciándole fascinado los labios con la yema del pulgar y murmurar, antes de tomar su boca de nuevo y hacer el beso más profundo:

–Dios mío, eres preciosa...

Sus palabras la liberaron de unas ataduras de las que hasta ese instante ni siquiera había sido consciente, y relajó las manos, con las que había estado aferrándose al asiento, y se atrevió a levantar una y ponerla en el muslo de Ramón.

Este se tensó, y notó como se endurecían los músculos de su pierna. Despegó sus labios de los de ella y la atravesó con una mirada salvaje. Aturdida, Suki hizo ademán de apartar la mano, pero él la retuvo.

–Quieres tocarme, ¿no? Pues tócame.

–Ramón...

Él aspiró bruscamente.

–Creo que es la primera vez que te oigo decir mi nombre.

–¿Cómo? –balbució ella.

Era imposible; lo había dicho tantas veces... en sus fantasías.

La otra mano de Ramón, que seguía en su pelo, le empujó la cabeza hacia él.

–Dilo otra vez –murmuró contra sus labios.

–Ramón... –susurró ella agitada.

Él se estremeció de arriba abajo, y sus labios volvieron a sellar de nuevo los de ella. La mano que cubría la suya subió por su brazo, deteniéndose a cada pocos centímetros para acariciar su piel desnuda. A medio camino, sin embargo, descendió a su cadera y subió por el costado hasta la parte inferior del pecho. Permaneció allí, tentadoramente cerca de sus senos, que ansiaban ser acariciados, y de sus pezones, que se habían endurecido, demandando su atención.

La respiración de Suki se había tornado entrecortada de deseo. Frotó la palma de la mano contra el muslo de Ramón y al subir un poco se topó con el enorme bulto bajo la cremallera, y se quedó paralizada al oírlo gemir atormentado.

–No... No pares... Tócame –le ordenó él contra sus labios.

Suki cerró la mano sobre su miembro, y Ramón soltó una ristra de palabras en español. Cuando la mano de él, hambrienta, atrapó uno de sus senos y comenzó a masajearlo, Suki gimió extasiada.

No estaba segura de en qué momento la empujó contra el asiento de cuero, ni cuándo tiró de sus caderas hasta el borde del asiento, ni en qué instante le bajó la cremallera del vestido y le subió la falda. Pero entre beso y beso lo encontró de rodillas entre sus muslos, con las manos ascendiendo por sus piernas. Llevaba unas medias de seda, y cuando los dedos de Ramón se toparon con la franja de encaje que las remataba soltó otra acalorada retahíla de palabras en español. Luego siguió el borde con las yemas de los dedos y acarició la piel desnuda por encima de las medias, haciéndola estremecer. Tras un último beso, Ramón levantó la cabeza.

–Necesito verte, Suki –le dijo con voz ronca–. Tocarte como tú me has tocado...

Los dedos de Ramón siguieron el reborde de sus braguitas de encaje y satén.

Se suponía que solo iba ser un beso... Claro que quizá debería hacer caso a Luis y vivir un poco, solo por esa noche... Pero es que las probabilidades de que volviera a ver a Ramón después de aquella noche eran casi...

–Debo estar perdiendo facultades si tu mente escoge justo este momento para ponerse a divagar –observó Ramón–. ¿En qué estás pensando? –exigió saber, acercando peligrosamente el pulgar a su sexo.

Suki se estremeció.

–En... en nada.

Ramón deslizó el pulgar de la otra mano por el lado contrario.

–No me mientas, Suki. Ya he tenido bastantes mentiras por hoy. ¿Estabas pensando en otro hombre? –la increpó–. ¿Mientras estás aquí, con las piernas abiertas ante mí, estabas pensando en otra persona? ¿En tu novio, tal vez?

Ella lo miró indignada y trató de incorporarse, pero él se lo impidió.

–¿Crees que estaría haciendo esto contigo si tuviera novio? –le espetó ella.

–Contesta a mi pregunta –la desafió él, en un tono cada vez más gélido.

Suki sacudió la cabeza.

–No, no tengo novio. Estaba pensando en ti.

La tensión que se había apoderado de él se disipó un poco. Sus ojos brillaron.

–¿Y qué pensabas exactamente? –insistió, deslizando los dedos por debajo de la fina tela para acariciar su carne húmeda.

Suki gimió y exhaló temblorosa.

–En que después de esta noche no volveré a verte.

Ramón se quedó quieto y escrutó su rostro con el ceño fruncido.

–¿Y eso es lo que quieres? ¿Que lo pasemos bien esta noche y que cuando amanezca nos olvidemos el uno del otro? –le preguntó.

Había una nota de censura en su voz, pero también parecía excitado, como si no fuese totalmente contrario a aquella idea. Se inclinó hacia ella.

–Contesta, Suki. ¿Es eso lo que quieres? –repitió, escudriñando en sus ojos con esa mirada penetrante.

–¿No es también lo que tú quieres? –le espetó ella. Y luego forzó una risa irónica y añadió–: Vamos, ¿no irás a decirme que imaginas que entre nosotros podría haber algo más... que esto?

Ramón permaneció callado unos segundos, aunque a ella le pareció una eternidad. Luego bajó la vista a sus hombros, a su escote, que dejaba entrever más ahora que tenía el vestido suelto, a sus manos inquietas, apoyadas en el asiento, a ambos lados de ella, y finalmente a sus piernas abiertas y a las braguitas negras que cubrían su sexo.

Volvió a acariciarla con los pulgares, haciéndola estremecer de nuevo.

–Sí, tienes razón; de esto no puede salir nada más.

La punzada que Suki sintió en el pecho al oír sus palabras se desvaneció cuando Ramón le arrancó las braguitas. Fue algo tan salvaje, tan erótico, que sintió que sus pliegues se humedecían aún más.

Y entonces Ramón inclinó la cabeza, estaba muy

claro para qué. Suki, que estaba mirándolo con unos ojos como platos porque no se creía lo que estaba a punto de hacer, le puso las manos en los hombros para apartarlo.

–Ramón, yo no... –comenzó a protestar. Pero perdió por completo el hilo de lo que iba a decir cuando los labios de él se cerraron sobre su sexo, provocándole una descarga de placer–. ¡Oh! –gimió, enredando los dedos en el corto cabello de su nuca.

Ramón levantó la cabeza y sopló delicadamente sobre sus pliegues.

–¿Quieres que pare?

–No –balbució ella de inmediato.

Al oír la suave risa de Ramón se le pusieron las mejillas ardiendo, pero la vergüenza se le pasó por completo cuando a darle placer con lametones descarados, posesivos, y se encontró jadeando palabras incomprensibles mientras le hincaba los dedos en el cuero cabelludo, instándole a que no parara, suplicando más.

Ramón se prodigó con generosidad, haciéndole descubrir nuevas cotas de placer con la lengua y los labios. Cuando finalmente se concentró en su hinchado clítoris, Suki arqueó la espalda y un grito ahogado de placer escapó de su garganta antes de que todo su cuerpo se viera sacudido por una ola tras otra de auténtico éxtasis.

Cuando bajó de nuevo a la Tierra la envolvía el olor a cuero y a sexo, y Ramón estaba medio desnudo. Se había quitado la chaqueta, tenía la camisa abierta y los pantalones desabrochados.

Su brillante pelo negro estaba todo despeinado, lo cual le daba un aire muy sexy, como si alguien, ella, seguramente, aunque no lo recordara, se lo hubiera revuelto con las manos.

Su corazón, al que apenas le había dado tiempo a calmarse, empezó a palpitar de nuevo más deprisa cuando vio que se estaba poniendo un preservativo. Luego le bajó el cuerpo del vestido, dejando libres sus brazos, le quitó el sujetador, y al ver sus generosos pechos farfulló algo en su idioma, extasiado.

Como si quisiera comprobar que era real, deslizó la mano desde el cuello hasta el estómago. Luego asió sus pechos por debajo con ambas manos, y frotó sin piedad las yemas de los pulgares contra sus pezones endurecidos antes de tomar uno en su boca. Y Suki, que iba camino de otro orgasmo, gimió al sentir sus dientes rozándole el pezón.

Ramón le pasó un brazo por la cintura y la arrastró hacia abajo hasta que sus nalgas quedaron fuera del asiento. Estaba ya a un paso del clímax cuando Ramón levantó la cabeza.

Sus ojos verdes sostuvieron los de ella mientras hacía que le pusiera las piernas sobre los hombros. Luego, con un gruñido, la agarró por la cintura y la penetró hasta el fondo de una embestida.

El grito de placer de Suki fue ahogado por un beso, y Ramón la sujetó mientras empujaba las caderas de nuevo.

–Dios... estás tan húmeda... –murmuró con una voz ronca que apenas se le entendía.

Dominaba su cuerpo como un músico virtuoso domina su instrumento, llevándola hasta las notas más altas y haciendo que las sostuviera, una y otra vez.

–Ramón... Ramón...

Suki no sabía cuántas veces gimió su nombre, pero sí que de repente se encontró a horcajadas de él, que seguía de rodillas en el suelo. Los dos se movían, jadeantes y sudorosos, cuando de pronto Suki sintió como se desencadenaba en su interior un estallido de placer, y se quedó quieta, aferrándose a esa intensa sensación que parecía estar arrastrándola las profundidades de un vórtice sin fondo.

Ramón le mordió el lóbulo de la oreja antes de alcanzar el clímax él también, y masculló entre dientes una ristra incomprensible de palabras.

Aún no habían recobrado el aliento cuando el coche tomó una curva y al poco se detuvo. Ramón la subió de nuevo al asiento y la ayudó a ponerse bien el vestido.

Incapaz de mirarlo a los ojos, ni de sofocar la sensación de incomodidad que la invadía, Suki recogió del suelo del coche sus braguitas desgarradas y el sujetador y los metió en el bolso.

Ramón, que ya había terminado de volver a vestirse, se sentó de nuevo a su lado.

–Esto... gracias por traerme –murmuró ella cuando al cabo de un rato él seguía sin decir nada.

Ramón, en vez de contestar, se quedó mirándola con los ojos entornados, así que apretó el bolso en su mano y se movió en el asiento hacia la puerta.

–Buenas noches, Ramón –le dijo–. Que llegues bien a... bueno, a donde sea.

Alargó el brazo hacia la manivela para abrir la puerta, pero él la detuvo agarrándola por la muñeca y la hizo volverse hacia sí.

–No hemos terminado; ni de lejos –le dijo.

Se bajó del coche con la gracia de un felino y le tendió su mano. Suki vaciló. De pronto, lo que le esperaba fuera la intimidaba más que la increíble sesión de sexo que acababan de compartir en el coche.

–Sal, Suki –le dijo Ramón.

Ella se bajó, diciéndose que no lo estaba haciendo

porque se lo hubiera ordenado, sino porque no podía quedarse para siempre en la limusina.

En cuanto salió, Ramón cerró la puerta y dio un par de golpes con los nudillos en el capó del vehículo. Mientras este se alejaba, Ramón la atrajo hacia sí y le dio un beso largo y ardiente que bastó para reavivar en ella la llama del deseo.

Ramón alzó la vista hacia su casa y le dijo:

—Invítame a pasar.

Y así lo hizo Suki, pero antes incluso de que hubiera cruzado el umbral de su hogar, supo que aquella no sería la experiencia inolvidable que había pensado que sería.

Capítulo 3

Diez meses después

Cuando Suki volvió a leer el e-mail, el temblor de sus manos no era nada comparado con el dolor que laceraba su corazón. A la mitad del primer párrafo se le empañaron los ojos, y al parpadear un par de lágrimas rodaron por sus mejillas.

Se celebrará un servicio religioso privado en memoria de Luis Acosta y sus padres, Clarita y Pablo Acosta. Se trata de un evento estrictamente familiar al que solo pueden asistir quienes hayan sido expresamente invitados.

Los abogados de la familia Acosta requieren además su presencia para la lectura del testamento de Luis y, seguidamente, una reunión privada con su hermano Ramón. Su asistencia es absolutamente necesaria.

Nuevas lágrimas se le agolparon en la garganta. Apartó la vista de aquellas palabras que no quería aceptar y pinchó en el archivo adjunto. Para su sorpresa, la llevó a la página web de una compañía aérea. Tragó saliva. Era la confirmación de una reserva a su nombre. La reserva de un billete de avión de ida y vuelta a Cuba en primera clase.

El e-mail se lo enviaba un bufete de abogados de La Habana, los mismos abogados con los que, desesperadamente, había intentado ponerse en contacto desde que se había enterado de la horrible noticia de la muerte de Luis y sus padres en un accidente de coche. Los mismos abogados que durante dos meses se habían negado a devolverle las llamadas y a responder sus cartas.

A pesar del giro imprevisto de los acontecimientos tras su noche juntos, había intentado llamar a Ramón al morir Luis. Al principio, imaginando lo que debía estar sufriendo por la muerte de sus padres y su hermano, había respetado que no contestara ni devolviera sus llamadas.

Pero luego se había enterado por las redes sociales de que varios de sus compañeros de universidad habían sido invitados al funeral, mientras que ella se había visto obligada a llorar la muerte de su mejor amigo a solas.

Quería odiar a Ramón por haberle negado el último adiós al único amigo de verdad que había tenido, pero estaba tan destrozada con todo por lo que había pasado en esos diez meses, que era incapaz de albergar un solo sentimiento negativo más.

Durante semanas había llorado, rezado, y luego maldecido al destino, a la ciencia... Tras aceptar finalmente la dura realidad había perdido las ganas de seguir luchando, había llorado durante varios días más, y creía haber tocado fondo. Pero entonces la vida también le había arrebatado a Luis, y su muerte la había dejado desolada. Y aun así había tenido que mantenerse fuerte por su madre, aunque en ciertos momentos aún le entrase la llorera, como la semana anterior, durante una entrevista con la responsable del Departamento de Recursos Humanos de su empresa.

Tras el aborto le habían dado una baja de tres meses. Todavía le quedaba un mes, pero como sus finanzas empezaban a tambalearse por el costoso tratamiento de su madre, había solicitado que le permitieran reincorporarse antes, y la responsable del Departamento de Recursos Humanos había accedido a recibirla para hablarlo. El problema fue que en medio de la conversación se le habían saltado las lágrimas, y ya no había podido parar.

No la había extrañado que la gerente hubiese sentido lástima de ella y le pidiese un taxi que la llevara a casa, pero nunca se habría esperado la carta que recibió unos días después, informándole de que le habían ampliado la baja un mes más con la mitad de sueldo porque no la consideraban apta para tratar con los clientes en su estado actual.

Suki estaba demasiado agotada como para protestar por esa valoración, y en el fondo sabía que, aunque la enorgullecía ser diseñadora de interiores para una de las empresas más prestigiosas de Londres, necesitaba que cicatrizaran sus heridas antes de retomar su rutina.

Cerró el portátil, se levantó de su pequeño escritorio y fue a la cocina a tirar por el fregadero el té que apenas había probado. Lavó la taza de forma mecánica y la puso en el escurreplatos.

Fuera trinaban los pájaros y zumbaban los insectos mientras Vauxhall, el distrito del sur de la ciudad donde vivía, disfrutaba de aquel soleado festivo nacional del mes de agosto.

Suki le dio la espalda a la ventana y se llevó la mano al vientre, como tantas otras veces, recordando con dolor el embarazo que no había podido llevar a buen término. Resistió el impulso de subir a su dormitorio, acurrucarse bajo la colcha y olvidarse de todo, y pensó en el e-mail y el billete de avión.

Aunque había estado dispuesta, dos meses atrás, a gastar parte de sus pocos ahorros en ir a Cuba a darle el último adiós a Luis, había tenido que desistir de esa idea cuando habían vuelto a ingresar a su madre porque el cáncer se le había reproducido. Había tenido que usar casi todo su dinero para poder pagar los gastos médicos, y pronto ese viaje a Cuba se había convertido en un sueño lejano.

No iba a rechazar aquel billete de avión, aunque la hiriese un poco en su orgullo. Estaba más que dispuesta a dejar su ego a un lado a cambio de poder despedirse de su amigo, y en cuanto volviese al trabajo le devolvería a Ramón cada penique.

Esa decisión disolvió algo su apatía y la hizo volverse de nuevo hacia la ventana para permitir que el sol acariciase su rostro. Sin embargo, no podía dormirse en los laureles; tenía que prepararse para ir al hospital, así que fue a vestirse y poco después salía de casa.

Cuando llegó al ala en la que estaba ingresada su madre, se repuso como pudo del lacerante dolor que la asaltó, intentó ignorar el olor a desinfectante y se obligó a esbozar una sonrisa antes de entrar en la habitación.

Moira Langston estaba adormilada, pero al sentir la presencia de su hija abrió los ojos.

–Te dije que no vinieras a visitarme –la reprendió con un suspiro–. Sé lo duro que es para ti venir aquí.

Suki se acercó y puso su mano sobre la de su madre.

–No pasa nada, mamá; estoy bien.

Moira frunció los labios.

–No me mientas. Sabes que no soporto las mentiras.

Antes de que ella naciera, su madre había visto traicionada su confianza por mil mentiras que le habían destrozado el corazón. Era el motivo por el que no había dejado que ningún otro hombre se acercara a ella desde entonces, para que no pudieran volver a hacerle daño. El mismo motivo por el que siempre la había machacado con que debía proteger su corazón a toda costa.

Por eso se había enfadado tanto cuando le había contado lo de su embarazo, aunque se le había acabado pasando, y se había olvidado de sus problemas de salud para darle su apoyo y reconfortarla cuando había tomado la dura decisión de poner fin al embarazo.

Suki tragó saliva y apretó la mano de su madre.

–¿Cómo no iba a visitarte, mamá?

Su madre suspiró y su expresión se suavizó.

–Lo sé, pero me siento mejor, así que seguramente me dejen irme pronto a casa.

Aunque la notable pérdida de peso de su madre le decía lo contrario, Suki no replicó y charlaron de cosas intrascendentes durante un rato antes de que los ojos de su madre se posaran suspicaces sobre ella.

–Algo te preocupa.

Ella iba a negar con la cabeza, pero decidió que sería mejor contarle la verdad.

–He recibido un e-mail de los abogados de Ramón.

Moira entornó los ojos.

–¿Y? ¿Qué tenía que decirte? –inquirió con aspereza.

–Sus abogados me han enviado un billete de ida y

vuelta para ir a Cuba, para que asista a un servicio en memoria de Luis y sus padres.

–¿Y vas a aceptarlo?

Ella asintió despacio.

–Quiero despedirme de él.

Moira se quedó callada un buen rato.

–Luis era un buen hombre, esa es la única razón por la que no te diré que no vayas. Pero ten cuidado y mantente alejada de su hermano. Bastante daño te ha hecho ya.

El insoportable dolor y la necesidad de llorar a solas la pérdida de su bebé le habían impedido a Suki contarle a su madre que Ramón no había llegado a saber siquiera que iba a ser padre. Pensaba decírselo en un futuro, cuando no se le desgarrase el corazón cada vez que pensaba en su bebé.

–La señora Baron viene a visitarte todos los días –le recordó a su madre–, y yo estaré de regreso antes de que te des cuenta.

Como si la hubiera invocado con solo decir su nombre, la señora Baron, la vecina de su madre, llegó en ese momento. Era viuda y al menos quince años mayor que su madre, pero era una mujer jovial y llena de vida. Su buen humor resultaba tan contagioso, que pronto estaba haciendo reír a su madre, y una hora después Suki las dejaba charlando y volvía a casa.

Al mirar en el buzón encontró varias cartas. Agradeciendo aquella pequeña distracción, entró en casa y se dirigió a la cocina mientras las miraba. Dos de los sobres eran propaganda, pero el tercero hizo que se le subiera el corazón a la garganta. Lo rasgó con manos temblorosas, sacó la carta que contenía y la leyó nerviosa. El gemido ahogado que escapó de su garganta resonó en el pequeño pasillo. Obligándose a calmarse, volvió a leer la carta: *Ha sido aceptada (...) primera cita: 15 de septiembre (...)*

Dobló la carta y la apretó contra su pecho mientras trataba de contener las lágrimas. Tenía que dejar de llorar por todo. Llorar no resolvía los problemas. Además, acababan de concederle una oportunidad única.

Tener que renunciar a su bebé la había destrozado. El día del alta, cuando la enfermera le había dado un montón de folletos que según ella podrían ayudarla, había estado a punto de tirarlos a la basura. Habían pasado días antes de que se decidiera siquiera a echarles un vistazo.

Al principio había desechado aquella asociación benéfica que se ofrecía a sufragar procedimientos de inseminación artificial a mujeres con pocos recursos, pero luego había cambiado de opinión. Aunque había perdido a su bebé, aún le quedaba amor que dar. Además, esa vez sería un embarazo por decisión propia y haría las cosas a su manera, sin el temor de un hombre que no permanecería a su lado, como le había ocurrido a su madre.

Y ella que había pensado que no tendría suerte porque la asociación solo aceptaba a veinticinco mujeres en su programa cada año... Volvió a desdoblar la carta y sus labios se curvaron despacio en una leve sonrisa mientras absorbía aquellas palabras de salvación.

Fue por su portátil y se lo llevó a la cocina, bañada por la radiante luz del sol. Lo primero que hizo fue contestar a los abogados de Ramón, y después envió un e-mail de confirmación de la cita a la clínica de fertilidad.

Luego, con una sonrisa esperanzada, subió a su

dormitorio, sacó la maleta del armario y empezó a hacer el equipaje.

La llovizna que había envuelto al avión mientras aterrizaban en el aeropuerto José Martí de La Habana ya había pasado cuando Suki fue a recoger su maleta.

Entre la gente vio a un hombre vestido de chófer que sostenía una cartulina con su nombre. Le entregó su maleta y lo siguió fuera del aeropuerto. Una hilera de taxis de los años cincuenta, pintados de un amarillo brillante, aguardaban junto a la acera. El chófer se había detenido junto a una limusina plateada que atraía las miradas de los viandantes. Cuando subió al vehículo, las lunas tintadas y el olor a cuero de la tapicería le recordaron vívidamente a la limusina a la que se había subido aquella noche con Ramón, solo que esa vez estaba sola, igual que cuando le habían dicho que era poco probable que su bebé sobreviviera.

Apartó esos sombríos pensamientos y miró fuera mientras se ponían en marcha, camino del hotel Acosta Habana, donde se alojaría. La mayoría de los edificios pertenecían a la era pre-comunista, y muchos estaban muy deteriorados por la menos que floreciente economía, pero en cada rincón se apreciaban esfuerzos por devolver el antiguo esplendor al rico patrimonio cultural de la ciudad: estatuas, plazas con suelo de mosaico, una catedral barroca...

Una media hora después se detenían a la entrada del hotel, un impresionante edificio de diez plantas en una avenida flanqueada por palmeras, donde convergían la Habana antigua y la moderna. El hotel, que antaño había sido un palacio barroco, había sido rehabilitado, pero saltaba a la vista que se había hecho un esfuerzo por respetar al máximo el estilo original de la hermosa fachada.

El interior era igual de espectacular. En el vestíbulo, que tenía maceteros de palmeras de interior y elegantes sillones de cuero, destacaban el techo, decorado un intrincado mapa del mundo hecho con láminas de pan de oro, y las bellísimas lámparas de araña.

Cuando llegaron al mostrador, el chófer cruzó unas palabras en español con la recepcionista, que llamó a un botones y se volvió hacia ella.

—Bienvenida a La Habana, señorita Langston —la saludó en inglés con una sonrisa—. Esperamos que disfrute de su estancia con nosotros. Este es Pedro —añadió señalando al botones—; se ocupará de su equipaje y la llevará a su suite.

La suite no podría ser más amplia y lujosa. Hasta tenía esperándola un almuerzo ligero en la terraza bañada por el sol. Suki, que no tenía mucha hambre porque estaba nerviosa ante la idea de volver a ver a Ramón, solo picoteó un poco de la ensalada de marisco.

Se levantó de la mesa y volvió dentro. Miró su correo en el móvil y vio que le había llegado otro e-mail del bufete, notificándole que pasarían a recogerla a las nueve de la mañana para llevarla al servicio en memoria de Luis y sus padres.

Pasó el resto de la tarde deshaciendo la maleta, se dio un baño y, aunque era temprano, se metió en la cama. Mejor estar descansada para lo que la aguardaba.

A la mañana siguiente Suki se levantó temprano. Se dio una ducha, se puso un vestido negro sencillo y unos zapatos de tacón a juego y se recogió el cabello en un moño. Pidió que le subieran el desayuno, pero estaba tan nerviosa que le estaba costando tragar los huevos revueltos que se había servido en el plato.

De pronto llamaron a la puerta. Miró su reloj. Llegaban temprano para recogerla, pensó levantándose; eran poco más de las ocho.

Se apresuró a tomar su bolso de mano para ir a abrir, y el corazón la dio un vuelco al encontrarse a Ramón frente a sí. Vestido de luto parecía aún más intimidante. Sus fríos ojos verdes se clavaron en ella.

–¿No vas a saludarme? –le preguntó en un tono gélido.

A Suki se le hizo un nudo en el estómago al oír su voz, y no pudo evitar recordar lo distinta que había sonado aquella noche, tan aterciopelada y embriagadora...

–Buenos días, Ramón. Es que... no era a ti a quien esperaba.

–¿Ah, no? –contestó él, con sus ojos aún fijos en ella–. ¿A quién esperabas entonces?

–No sé... yo... –Suki se calló, irritada por encontrarse balbuceando como una tonta de repente–. Lo que quiero decir es que esperaba a tu chófer, no que vinieras tú en persona a recogerme.

–Ya veo. Pues me temo que no te queda otra que soportar mi molesta compañía –le dijo él con aspereza.

Suki levantó la barbilla.

–No me molesta tu compañía, pero imagino que tendrás cosas más importantes que hacer que llevarme personalmente a la iglesia –dijo haciéndose a un lado para dejarlo pasar.

Ramón entró y cerró tras de sí.

–Sí que tengo una agenda muy apretada –respondió–, aunque puede que estuviera impaciente por volverte a ver, para asegurarme de que eres de carne y hueso.

Algo en el modo en que pronunció esas palabras inquietó a Suki. Nerviosa, escrutó su rostro, pero este se había tornado en una máscara inescrutable.

−¿A qué te refieres?

Ramón apretó los labios.

−A que me vienen a la mente otras maneras de describir a alguien como tú.

−Sigo sin saber de qué hablas, pero te aseguro que soy tan real como la última vez que nos vimos −contestó.

Él entornó los ojos.

−Lo que no sé es si en tu pecho hay un corazón o un pedazo de hielo.

Suki contrajo el rostro.

−Mi corazón no es asunto tuyo −le espetó.

Ramón resopló.

−Por el bien de ambos, por ahora lo dejaremos estar. Iremos a la iglesia y recordaremos juntos a mi hermano; luego, ya hablaremos.

El corazón le dio un vuelco a Suki.

−Si es por lo del testamento de Luis y va a ser motivo de disputas entre nosotros, quiero que sepas que estoy dispuesta a renunciar a lo que me haya legado.

Los labios de Ramón se curvaron en una mueca cruel.

−Se trata de mucho, mucho más que eso. Pero no te preocupes; pronto lo averiguarás.

Sus palabras no hicieron sino inquietarla aún más, y el trayecto de algo más de diez minutos a la catedral se le hizo eterno por el tenso silencio entre ellos.

Dentro del templo se habían colocado en varios caballetes fotografías de gran tamaño de Luis y sus padres. La vivaz sonrisa de su amigo en algunas de ellas hizo que una honda pena se apoderara de ella, y no se dio cuenta de que estaba llorando hasta que

Ramón, a su lado, le tendió un pañuelo. Ella alzó la mirada para darle las gracias, pero las palabras se le atragantaron al ver su perfil impasible.

La ceremonia terminó tras poco más de una hora, con los invitados encendiendo velas para despedirse de aquellas tres vidas segadas antes de tiempo.

Suki estaba depositando su cirio encendido en el portavelas de hierro forjado cuando Ramón apareció a su lado. Con la esperanza de que se hubiera disipado su acritud, se aclaró la garganta y se volvió hacia él.

–Gracias por permitirme asistir, y por hacer que me enviaran el billete de avión –le dijo–. Te prometo que te devolveré el importe tan pronto como vuelva al trabajo el mes que viene.

Los labios de Ramón se curvaron en una mueca.

–¡Qué considerado por tu parte! Dime, ¿por qué no mostraste esa misma consideración cuando decidiste deshacerte del bebé sin enviarme siquiera un mensaje al móvil?

Suki se puso lívida y se tambaleó ligeramente. Abrió la boca, tratando de hallar el modo de explicarse, pero era como si se hubiera bloqueado por completo, y un sudor frío le recorrió la espalda cuando Ramón dio un paso hacia ella, iracundo y amenazante.

–¿Nada que decir, Suki? –la interpeló, antes de agarrarla por la muñeca para tirar de ella hacia sí. Aunque no era así, cualquiera que estuviera observándolos pensaría que solo estaba consolándola. Ramón se inclinó y le susurró al oído–: Tranquila, yo sí tengo mucho que decir. Y si crees que devolviéndome el dinero del billete de avión es lo único por lo que tienes que preocuparte, estás muy equivocada.

Capítulo 4

A SUKI no le pasaba nada, se aseguró Ramón
mientras se alejaban de la catedral en su limusina. Aunque estuviera pálida, aunque se
estremeciese de cuando en cuando y no hiciese más
que retorcer las manos en su regazo. No tenía frío, ni
se encontraba mal. No le pasaba nada.

Era todo fingido. Suki Langston no era más que
una vil mentirosa con el corazón de piedra. Siempre
se había preguntado qué había visto Luis en ella, por
qué la amistad entre ellos había durado tantos años.

Al final había acabado concluyendo que lo había
engañado igual que a él. Y no solo eso, sino que además lo había convencido para que le ocultara algo que
no debería haberle ocultado.

No sabía si alguna vez llegaría a sentirse agrade-
cido con él por haber roto su promesa y habérselo
contado. ¿De qué servía que le dijeran a uno que le
habían arrebatado algo que ni siquiera había sabido
que tenía?

Al principio se había quedado aturdido. Había
usado preservativo al hacer el amor con ella, y aunque
era consciente de que los preservativos no eran segu-
ros al cien por cien, no podía aceptar que Suki hubiera
decidido, sin consultarle, sobre algo que también le
pertenecía a él.

Apretó los puños, lleno de ira y de rabia, y Suki

tuvo que escoger ese momento para girar la cabeza hacia él y mirarlo con esos grandes ojos azules tan falsos.

–¿Desde... desde cuándo lo sabes? –le preguntó, casi en un murmullo.

No iba a dejarse engañar tan fácilmente; por desgracia conocía muy bien esas tretas femeninas. Se había cruzado con muchas mujeres como ella, que se fingían frágiles para dar pena y salirse con la suya. Era algo que había acabado por detestar, y un arte en el que Svetlana había resultado ser toda una maestra.

–¿Eso es lo que te preocupa? –le espetó–. ¿Cuánto tiempo pasó hasta que lo descubrí? ¿No cómo me sentí al saber que te deshiciste del bebé?

Suki palideció aún más, pero él no estaba de humor para mostrarle piedad. Ella no había tenido la menor piedad con él cuando había arrastrado a su hermano a encubrir sus actos.

–¿Eres consciente de lo que me has arrebatado? ¿Sabes que el hacer a Luis cómplice de tus mentiras nos enfrentó, que me robó tiempo que podría haber pasado con él en los meses antes de su muerte?

A Suki se le escapó un sollozo.

–Por favor, por favor no digas eso...

Ramón sintió que la ira se apoderaba de él.

–¿Por qué no? ¿Porque te resulta demasiado duro oírmelo decir?

Ella apretó un puño contra sus labios y lo miró con los ojos llenos de lágrimas.

–¡Sí, me duele oírte decir eso! –admitió con voz entrecortada.

El coche se detuvo. Habían llegado a su helipuerto privado. Allí les esperaba un helicóptero que los llevaría a la parte más oriental de la isla, donde estaba su residencia. Las hélices ya habían empezado a girar, pero aún no había acabado con ella.

–¿Qué derecho tenías a pedirle a Luis algo así? –le espetó–. Lo que ocurrió esa noche fue algo entre tú y yo; y solo nosotros deberíamos haber cargado con las consecuencias.

Suki cerró los ojos con fuerza y sacudió la cabeza.

–Lo sé, y yo no quería decírselo a Luis.

–¿Por qué? ¿Porque era un sucio secretillo del que querías deshacerte, hasta que te diste cuenta de que no podías hacerlo tú sola?

–¡No! ¡Por Dios, no! –exclamó ella abriendo los ojos–. Deja de retorcer mis palabras y escúchame, por favor –le imploró con labios temblorosos.

–Tengo las facturas de la clínica privada, las que dejaste que pagara mi hermano. Sé exactamente cuánto te costó deshacerte del bebé.

–Dios mío... –murmuró ella.

–No invoques a Dios –le espetó él–, ningún poder superior va a salvarte.

Ella se quedó mirándolo con los ojos muy abiertos antes de apartar la vista. Al girar la cabeza hacia la ventanilla se fijó en el helicóptero y se volvió de nuevo hacia él.

–¿Adónde vamos?

–A mi villa en Cienfuegos. Mis abogados nos esperan allí.

Ella lo miró con aprensión.

–Creía que ibas a llevarme de vuelta al hotel. ¿Hace... hace falta que vaya contigo?

Una emoción muy distinta sacudió entonces a Ramón.

–¿No quieres saber qué te ha legado quien según tú era tu mejor amigo?

Ella vaciló.

–Sí que quiero, pero...

–¿Qué?, ¿no irás a decir que me tienes miedo? –la increpó él burlón.

Suki inspiró profundamente.

–Me da miedo esa ira que noto en ti. Preferiría que continuásemos esta conversación cuando dejes de comportarte de este modo irracional.

El chófer abrió la puerta de ella y la sostuvo para que saliera.

–Si no te bajas ahora mismo sí que me comportaré de un modo irracional –le dijo Ramón entre dientes–. Baja del coche.

Aunque Ramón necesitaba desesperadamente salir de aquel espacio cerrado, que de repente se le antojaba demasiado pequeño para contener la furia de sus volátiles emociones, esperó a que ella saliera antes de hacerlo él por la otra puerta. No sabía cómo iba a soportar el trayecto en el helicóptero sentado a su lado, cuando no podía pensar en otra cosa más que zarandearla hasta que respondiese a todas sus preguntas.

Veinticinco minutos después aterrizaban en el helipuerto de su villa, en el extremo sur de los jardines. Al entrar en la casa la condujo a la biblioteca, donde los esperaban sus abogados para llevar a cabo el plan que él había trazado. Primero, sin embargo, se realizaría la lectura del testamento.

–Como la señorita Langston no conoce nuestro idioma, hablaremos en inglés –le dijo Ramón a sus abogados cuando se hubieron sentado.

Los dos hombres asintieron, y uno de ellos abrió la carpeta que tenía ante sí.

–La razón por la que está aquí, señorita Langston, es un anexo que Luis añadió a su testamento.

–¿Cuándo hizo eso? –inquirió Ramón.

–En mayo, hace cuatro meses. El día quince, para ser más exactos.

Suki aspiró bruscamente y tragó saliva.

–¿Qué pasa? –le preguntó Ramón, aunque sospechaba que sabía la respuesta.

–Eso fue el día después de que... –Suki se quedó callada y apretó los labios.

No hizo falta que terminara la frase. Sabía que había sido el día después de su primera visita a aquella clínica privada. La fecha había permanecido grabada a fuego en su mente desde que Luis se lo había contado. Y, si por alguna razón necesitara pruebas tangibles, en el primer cajón de su escritorio estaba el informe del detective al que había contratado.

–Continúe –le dijo al abogado.

Este se volvió hacia Suki.

–Señorita Langston, según creo, estaba usted embarazada cuando se incluyó este anexo como parte del testamento.

Ella, que seguía con los labios apretados, asintió.

–Bien –prosiguió el abogado–, el caso es que Luis no alteró ese detalle, así que, según su voluntad su hijo o hija debería recibir una suma de dinero el día en que cumpliera los dieciocho años. Pero, en el supuesto de que las circunstancias cambiaran, como ocurrió, el testamento estipula que debería recibir usted la mitad de esa suma, aunque solo si su hermano estuviera de acuerdo.

Suki sacudió la cabeza y se giró hacia Ramón.

–No hace falta que decidas si debería recibir ese dinero o no; no lo quiero.

El abogado enarcó las cejas.

–Pero si aún no ha oído cuánto...

–No me importa cuánto dinero sea. No lo quiero. Por favor, dónelo a alguna organización benéfica.

Ramón, al oírla, se enervó.

–¿Es así como piensas honrar su memoria? –la increpó–, ¿rehusando sin miramientos un regalo que quería hacerte?

Los ojos de ella se oscurecieron, como si sus palabras le hubiesen dolido. Quizás sí hubiese sentido algún cariño por su hermano, hasta donde su corazón de piedra era capaz.

–Era lo que Luis quería, y honrarás su deseo –añadió.

Suki apretó los labios.

–Está bien. Y si lo acepto, ¿qué? ¿Me lo entregarás sin más?

Él se encogió de hombros.

–Ese es uno de los asuntos que trataremos en privado.

Una chispa de ira encendió sus ojos azules.

–O sea que solo querías que dijera que sí para hacerme bailar al son que tú me marques.

–No voy a darte un cuarto de millón de libras por tu cara bonita, así que sí, tendrás que bailar al son que yo te marque.

A Suki se le escapó un gemido ahogado al oír la cifra. Cuando giró la cabeza hacia el abogado, como preguntándole si era cierto, este asintió.

–Pero... pero eso es muchísimo dinero –murmuró, volviéndose hacia Ramón–. ¿Por qué...?

–Luis iba a ser el tío de la criatura que llevabas en tu vientre. Y mi hermano era una persona muy familiar. Siendo como eras su amiga, eso lo sabrías, ¿no? –la picó él.

Ella levantó la barbilla.

–Sí, lo sabía –giró de nuevo la cabeza hacia los abogados–. Si el señor Acosta decide que se me entregue ese dinero, mi intención sigue siendo donarlo a la beneficencia. ¿Podría ponerme en contacto con ustedes para que se hicieran cargo?

Con la sangre hirviéndole en las venas, Ramón vio a su abogado asentir.

–Sí, por supuesto, señorita Langston.

El ver a Suki levantarse, como dando por finalizada la reunión, lo irritó aún más.

–Siéntate; aún no hemos acabado –la increpó.

Ella volvió a sentarse y lo miró contrariada antes de girarse de nuevo hacia sus abogados.

–Luis también le legó dos obras de arte que deberían serle entregadas el día de su cumpleaños cuando él muriera –le explicó el mismo abogado–. Y según creo dentro de poco cumplirá usted veintiséis años.

Suki asintió.

–Bien, pues él encargó esas obras y las pagó por adelantado –continuó el hombre–, pero aún no están terminadas. El artista nos avisará cuando lo estén y nosotros se lo notificaremos a usted.

Ella frunció el ceño ligeramente.

–¿Quién es el artista?

–Supongo que yo –dijo Ramón, entre irritado y triste por los tejemanejes de su hermano–. ¿Es correcto? –le preguntó al abogado.

Este asintió y Suki giró la cabeza hacia Ramón.

–¿Tú? ¿Pero por qué...? –balbució.

–Imagino que porque, según mi hermano, adoras mis obras. Me contó que, después de que visitaras con él una de mis galerías, te deshiciste en elogios sobre mis esculturas durante una hora entera, y que prácticamente tuvo que sacarte de allí a rastras.

Suki se puso roja como una amapola y apartó la vista.

–Yo no... A Luis le gustaba exagerar. Tampoco estaba tan embelesada cuando visitamos esa exposición...

–¿También vas a rechazar este regalo? –inquirió él, pero no enfadado, sino en un murmullo.

Suki se quedó mirándolo con los labios entreabiertos, y Ramón se encontró conteniendo el aliento, sin saber muy bien si quería que lo aceptara o lo rechazara.

–¿Estarías dispuesto a darme esas esculturas? –inquirió ella también en un murmullo, como sorprendida–. ¿A pesar de... de todo?

Él esbozó una sonrisa amarga.

–Quería a mi hermano, y creo que debo hacer honor a sus deseos. La cuestión es si tú también crees que debes hacerlo, o no.

Ella lo miró aún más sorprendida, y se pasó la lengua por los labios.

–Por supuesto, pero...

–¿Eso es todo? –la interrumpió él, volviéndose hacia sus abogados.

Los dos hombres captaron la indirecta y se pusieron a recoger sus cosas.

–Sí, con esto hemos terminado en lo que se refiere a la señorita Langston –respondió uno de ellos, antes de tenderle unos folios grapados–: Y esto es lo que nos había pedido –añadió en español.

Ramón ignoró su expresión contrariada. La pérdida de sus padres y su hermano era algo irreparable, algo que nadie habría podido prever, pero lo que Suki había hecho había sido algo premeditado, y no dejaría que nadie lo disuadiera del plan que había trazado, por extremo que pareciera.

En cuanto sus abogados se hubieron marchado se volvió hacia Suki, y vio que estaba abstraída en sus pensamientos, con la mirada fija en un cuadro en el otro extremo de la biblioteca. Le había vuelto un poco el color a las mejillas y parecía más sosegada.

Cuando se levantó para sentarse en el borde de la mesa, frente a ella, Suki giró la cabeza hacia él y lo miró recelosa. Él la observó en silencio, esperando. Suki se humedeció los labios con la lengua.

–Creo –murmuró– que debería explicarte algunas cosas que...

–Las explicaciones solo son necesarias cuando hay un malentendido o cuando se ha omitido algún hecho –la cortó él–. Te quedaste embarazada, me lo ocultaste y luego decidiste deshacerte de ese bebé. ¿He malinterpretado u omitido algo?

Ella dio un respingo, pero luego lo miró ofendida y entornó los ojos.

–No, pero te olvidas de algo.

–¿De qué?

–De que se trataba de mi cuerpo y era a mí a quien le correspondía la última palabra, no a ti.

–¿O sea que yo no tenía ni voz ni voto? –le espetó furioso.

–Yo no he dicho eso. Lo que pasa es que crees que tomé esa decisión a la ligera, cuando no fue así en absoluto.

–¿Y cómo quieres que lo sepa si yo no estaba allí?

–¡Ya lo sé! Y tienes todo el derecho a recriminármelo, pero no puedo cambiar el pasado. Estoy... estoy intentando pasar página.

El horrible dolor que le atenazaba el corazón se intensificó.

–Pues yo no estoy preparado para pasar página –le

espetó–. Y no, no puedes cambiar el pasado, pero sí el futuro. Y es lo que vas a hacer.

Ella exhaló un suspiro tembloroso, aprensivo.

–¿Qué quieres decir?

–Que ya es hora de que pasemos al siguiente punto del orden del día –respondió él, arrojando sobre su regazo los papeles que le había dado el abogado.

Suki se quedó mirándolos antes de tomarlos y escudriñar la primera página con el ceño fruncido.

–¿Qué es esto?

–Un acuerdo entre tú y yo.

Ella hojeó las otras páginas.

–Eso ya lo veo, ¿pero un acuerdo para qué? Aquí solo dice que es un acuerdo a cambio de mis «servicios». Soy diseñadora de interiores. ¿Qué servicios podrías querer de mí?

–No necesito tus servicios profesionales –replicó él–. Lo que quiero es que me des lo que me quitaste. En una sola noche perdí a toda mi familia; quiero un hijo, Suki, un heredero. Y tú vas a dármelo.

Capítulo 5

AQUELLO dejó a Suki tan aturdida y confundida, que se quedó paralizada un buen rato antes de levantarse como un resorte y arrojar sobre la mesa aquellos papeles.

–¿Es que te has vuelto loco?

–Ni mucho menos –replicó él–. De hecho, creo que esta es una de las decisiones más juiciosas que he tomado.

–Pues vete olvidando, porque eso no va a pasar –le espetó Suki dirigiéndose a la puerta.

–¿Adónde crees que vas?

–¿Dónde crees tú? ¡Me marcho!

–No, tú no te vas –replicó él en un tono quedo a la vez que amenazador, plantándose delante de ella.

A Suki se le erizó el vello pero no retrocedió.

–Ya lo creo que me voy.

Él se metió las manos en los bolsillos y la miró con los ojos entornados.

–Puedes salir de esta habitación, pero no lo tendrás tan fácil para abandonar la casa.

–Espero que no estés sugiriendo que pretendes retenerme aquí...

–Eso depende solo de ti. Puedes irte, aunque tendrás que ingeniártelas para volver a la ciudad por tus medios, o podemos terminar esta conversación.

Suki, que tenía la alarmante sospecha de que había

planeado todo aquello con meticulosa precisión, sacudió la cabeza, lo rodeó y llegó a la puerta.

–Ya me las apañaré para que alguien me lleve –le espetó, y un inmenso alivio la invadió cuando giró el pomo y vio que se abría la puerta.

Ya se alejaba por el pasillo cuando Ramón dijo a sus espaldas, en un tono casi indiferente:

–Esa prisa que tienes por volver... ¿es por la cita que tienes en esa clínica de reproducción asistida, o por tu madre?

Suki se giró tan deprisa que casi perdió el equilibrio. No podía creerse que hubiese tenido la desfachatez de invadir de ese modo su vida privada.

–¿Qué has dicho?

Ramón, que estaba apoyado en el marco de la puerta con aire indolente, permaneció callado con sus ojos verdes clavados en ella.

–¿No me has oído? Te he preguntado...

–Te he oído, y sabes perfectamente qué he dicho –la cortó él–. Lo que pasa es que preferiría no seguir esta conversación en el pasillo, donde puede oírnos cualquier miembro del servicio, sobre todo con lo alterada que estás.

Suki se mordió la lengua para no aullar de rabia, y se contuvo para no ir hasta él, agarrarlo por las solapas de su caro traje y zarandearlo como a un monigote. Sacudió la cabeza, confundida.

–¿Con qué derecho te inmiscuyes en mi vida privada?

Ramón se irguió y sacó las manos de los bolsillos.

–Vuelve aquí dentro y hablemos como personas racionales.

Suki, sin embargo, se quedó paralizada donde estaba.

–El billete de avión, la reserva de hotel, el venir aquí para reunirnos con tus abogados... –murmuró–. Todo eso formaba parte de un plan, ¿no?

–Así es –confirmó él sin el menor pudor–. Ah, y algo que olvidé mencionar: he hecho que traigan tus cosas del hotel aquí mientras estábamos en la catedral. Así que tenlo en cuenta por si aún quieres irte.

La amenaza velada en sus palabras era más que evidente: sus cosas, incluido su pasaporte y el billete de avión. Aunque intentara marcharse, no llegaría muy lejos.

–¡Dios! Eres...

–Estaría bien que pudiéramos hablar sin todo ese teatro.

Suki no podía creer lo que estaba pasando. Volvió a entrar en la biblioteca lentamente. En un intento por detener el temblor de sus dedos, apretó el bolso con fuerza.

–Podría denunciarte a la policía.

–¿Por qué, por tener una simple conversación contigo? –le espetó él, burlón, enarcando una ceja.

–No le veo la gracia –lo increpó ella acaloradamente.

Las facciones de Ramón se endurecieron.

–Tampoco yo –le aseguró–. ¿Te has parado a pensar que, si me hubieras dicho lo del bebé, las cosas podrían haber sido muy distintas?

En las primeras semanas, tan duras, después del diagnóstico, había descubierto por las revistas que Ramón seguía con Svetlana. ¿Cómo iba a confiar en un hombre que se había acostado con ella estando comprometido?, se había dicho. Y el saber que no podía confiar en él, aunque fuera el padre del bebé, la había llevado a decidir no decirle nada del embarazo.

–¿Distintas?, ¿en qué sentido? –le preguntó.

–Para empezar, si hubieras acudido a mí, económicamente estarías mejor que ahora.

Suki frunció el ceño.

–¿De qué hablas?

–Luis te ayudó a pagar las facturas de la clínica, ¿no? ¿No te paraste a pensar que, si hubieras seguido adelante con el embarazo, si me hubieras dicho que iba a ser padre, te habría dado todo el dinero que hubieras querido?

Ella se tambaleó, aturdida por sus palabras.

–¿Estás sugiriendo que decidí deshacerme del bebé porque no tenía dinero?

–Hice que un detective privado investigara tus cuentas; sé que estás sin blanca.

Suki estaba tan indignada que le costaba respirar.

–Lo que hiciste no tiene excusa posible –continuó Ramón–. Te deshiciste del bebé porque era un inconveniente para ti, y ni te molestaste en decírmelo –la cortó él, con la mandíbula tan tensa que parecía de piedra. Fue hasta su escritorio, tomó una carpeta y volvió junto a ella–. Y luego está esto –le dijo mostrándole un documento que sacó de la carpeta. Suki reconoció de inmediato el logotipo en la cabecera–. No acabo de entender por qué te deshiciste del bebé, y luego enviaste una solicitud para que te concedieran una inseminación artificial gratuita, como si fueses una necesitada. ¿Por qué, Suki? ¿Por qué razón has decidido que quieres tener un hijo ahora?

Ella levantó la barbilla.

–No tengo por qué darte explicaciones.

Ramón la miró con una expresión inescrutable antes de volver a guardar el documento y arrojar la carpeta sobre la mesa.

–Muy bien, pasemos a otro tema. Tu madre está ingresada por ciertas complicaciones derivadas de un cáncer cervical en estadío dos, ¿verdad?

Suki sintió una punzada en el pecho.

–Sí –murmuró.

–Sé que este mes se le acaba la cobertura del seguro y que sus médicos están a punto de tirar la toalla. Nada salvo un milagro te devolvería la esperanza –dijo Ramón.

No había malicia en su voz, pero tampoco calidez alguna, ni compasión. Suki se imaginaba lo que venía a continuación, y notó como la ira se apoderaba de ella.

–Así es. Deja que adivine: de pronto resulta que eres capaz de hacer posible un milagro.

–Digamos que tengo el dinero suficiente para impulsar ciertos milagros. Pero estoy tratando de descubrir cuáles son tus objetivos: ese bebé que quieres tener, ¿sería tu manera de aliviar una futura pérdida? Antes no querías un hijo, pero ahora pareces desesperada por tener uno. ¿Es por eso, porque no querrías quedarte sola si tu madre muere? –inquirió con frialdad.

–No sé qué clase de monstruo crees que soy, pero lo que estás sugiriendo es repugnante.

–¿Lo es? –inquirió él en un tono más suave, más vulnerable.

Suki abrió mucho los ojos al comprender de pronto.

–¿Por eso quieres tú un hijo? ¿Para no sentirte solo?

Las facciones de Ramón se contrajeron de dolor.

–Sí, quiero una familia –asintió.

–Y hurgando en el historial médico de mi madre, ¿qué crees que vas a conseguir, aparte de hacerme pensar que intentas chantajearme?

–No es chantaje. Te estoy ofreciendo mi ayuda. Podemos llegar a un acuerdo y así tendrás una preocupación menos.

Suki se rio con incredulidad.

–¿De verdad esperas que crea, después de la que has montado para traerme aquí, que me ayudarías simplemente por hacer una buena obra?

Él se quedó callado, y cuando finalmente contestó había una desolación palpable en su voz.

–Por alguna razón que desconozco, Luis os tenía en mucho aprecio a tu madre y a ti. Y a pesar de que el dinero que te ha dejado en su testamento podría ayudar a tu madre, estás dispuesta a rechazarlo solo por orgullo. Luis ya no está aquí para hacerte entrar en razón, pero yo sí.

Suki sacudió la cabeza.

–Ese dinero era para ese bebé que no llegué a tener.

–No, era para ti. Pero como todo lo demás lo has despreciado sin pensar. ¿Crees que a Luis se le pasó el hecho de que ya no estabas embarazada cuando decidió no revisar su testamento? Sabía que tu madre estaba enferma; ¿no se te ha ocurrido que podría ser su manera de intentar ayudaros?

–No lo sé. No tengo ni idea de qué estaba pensando cuando...

–¡Puede que en esto precisamente! –la interrumpió él–. Tal vez creía, y con razón, que me debías unas cuantas respuestas –le espetó con los puños apretados.

Suki, sin embargo, no dio marcha atrás.

–Dejando eso a un lado, no merezco ese dinero.

–¿Y tu madre?, ¿se merece que la abandones a su suerte?

–¡Yo no la he abandonado! He hecho todo lo que he podido por ella...

–¿De verdad? ¿O has hecho el mínimo esfuerzo, y luego has decidido tirar la toalla, como con nuestro bebé?

Sus palabras eran como latigazos.

–No tienes derecho a decirme eso...

–Ya lo creo que lo tengo. La decisión que tomaste no tiene vuelta atrás; solo puedes tratar de reparar el desagravio que me hiciste.

–¡Vaya, pues siento no habértelo dicho cuando descubrí que estaba embarazada! ¿Es eso lo que quieres oír? ¿O quieres que me ponga también de rodillas y suplique tu perdón?

–Ya sabes lo que quiero.

Suki arrojó su bolso a uno de los sofás.

–¿Cómo puedes proponerme algo así, cuando me miras con ese odio? –le espetó.

Él se volvió hacia la ventana y se quedó mirando fuera tanto rato que Suki pensó que no iba a responder. Cuando finalmente se volvió, sus facciones se habían endurecido aún más.

–No tienes por qué caerme bien para llevarte a la cama –le contestó–. De hecho, la última vez que nos vimos era evidente que no conectábamos en absoluto y aun así quedó demostrado que había una fuerte química entre nosotros.

Su razonamiento estaba dejando patidifusa a Suki.

–¿De verdad crees que lo que pasó esa noche puede compararse con lo que me estás proponiendo? Pues lo siento por ti, pero te equivocas si crees que puedes obligarme a algo así.

–No. Te quedarás aquí y dejaré que lo consultes

con la almohada. Mañana por la mañana me darás una respuesta, y espero que sea un «sí».

–¿O qué?

–O nada. Y por nada quiero decir que los dos saldremos de esto con las manos vacías. No vas a volver a Inglaterra a inseminarte con el esperma de un donante anónimo. De hecho, he llamado para decirle que ibas a volver a intentarlo por la vía tradicional conmigo.

Suki se sintió como si el suelo temblara bajo sus pies.

–No... ¡No puedes hacer eso!

–Me parece que subestimas hasta qué punto quiero esto –le contestó él–. ¿Tú no quieres que tu madre se cure?

–Eso... eso es chantaje...

–Creo que no eres la más indicada para lanzar acusaciones. Lo que tú hiciste fue mucho peor.

Suki, que lo que querría hacer sería agarrar un abrecartas y clavárselo en ese negro corazón que tenía, reprimió como pudo su irritación y levantó las manos en un gesto conciliador.

–Ramón, escúchame, por favor –le pidió–: lo que hice... la decisión que tomé... no tenía elección –se le quebró la voz y tuvo que tragar saliva. Sacudió la cabeza y repitió–: No tenía elección...

Ramón palideció. Sus facciones se contrajeron de ira, y sus ojos refulgían como un volcán en erupción.

–Sí la tenías. Yo podría haberte ayudado. Pero fuiste demasiado egoísta como para dejar que fuera parte de la ecuación. Tomaste esa decisión sin contar conmigo.

–No haces más que echarme la culpa de todo –le espetó ella–. ¿Qué me dices de ti?

Ramón frunció el ceño.

—¿De mí?

—Sí, de ti. Me dijiste que ya no estabas comprometido, y unas semanas después descubrí que era mentira.

Un músculo se contrajo en la mandíbula de Ramón.

—¿Y esa es la razón por la que llamaste a mi hermano, cuando deberías haberme llamado a mí? ¿Por eso le cargaste a él con la responsabilidad cuando debería haberme hecho cargo yo?

Suki exhaló temblorosa.

—No le cargué con ninguna responsabilidad. Yo no lo llamé. Fue mi madre quien lo hizo.

Él se quedó muy quieto y frunció el entrecejo.

—¿Tu madre?

Suki asintió.

—Le habían dado el alta, pero aún estaba débil por la quimioterapia. Sabía lo que estaba pasando y se sentía mal por no poder ayudarme. Le dije que no necesitaba ayuda pero ella... no me hizo caso. Pensaba que estaba fallándome. Sabía que Luis y yo éramos muy buenos amigos, y dio por hecho que nuestra relación había pasado a ser algo distinto. El caso es que creyó que él era el padre y lo llamó. Parece ser que le echó un buen rapapolvo por eludir sus responsabilidades, y Luis en vez de decirle que se equivocaba, aguantó el chaparrón y al día siguiente se presentó en mi casa.

—Déjame adivinar: ¿fue entonces cuando le hiciste prometer que no me contaría nada? —la voz de Ramón era una mezcla de fuego y hielo.

—Quería decírtelo yo. Creí que no te parecería bien que fuera él quien lo hiciera. Y pensaba que tenía mucho tiempo. Pero luego las cosas... se complicaron.

Ramón suspiró con pesadez.

—Pues bien que encontraste tiempo para llamar una segunda vez a Luis para que sostuviera tu mano cuando te hicieran el aborto...

Suki se sentía aturdida por la cantidad de detalles que conocía. Sin embargo, estaba muy equivocado.

—Yo no le pedí que me acompañara, pero él se negó a aceptar un no por respuesta cuando se ofreció a hacerlo.

Ramón soltó una risa seca.

—Debió resultarte tan difícil ceder ante su insistencia... Igual de fácil que te resultó encontrar excusas para no llamarme.

—¿Cómo te atreves...?

Ramón dio un golpe en el escritorio que le hizo dar un respingo.

—Digo lo que pienso porque he perdido a mi bebé y tú tienes la culpa.

El dolor que le causaron esas palabras la sacudió de la cabeza a los pies.

—Me das sermones desde tu pedestal, acusándome de no haber hecho lo correcto, pero... ¿pensabas que después de que me mintieras querría volver a saber nada de ti? ¿O vas a decirme que era un doble tuyo el que aparecía con Svetlana en esas fotos que publicaron las revistas unas semanas después?

Ramón apretó la mandíbula.

—Lo que pasó entre tú y yo fue algo de una sola noche y, si mal no recuerdo, era lo que tú querías; lo que los dos queríamos.

—¿Y Svetlana no tiene nada que decir de todo esto? —le preguntó.

—Hace meses que lo nuestro terminó —respondió él en un tono tajante.

–¿Igual que la última vez que nos vimos?

–Te he dicho que lo nuestro terminó, y por tanto no pinta nada en esta conversación –dijo Ramón–. ¿Vas a dejar que tu orgullo y tu cabezonería se interpongan cuando tal vez podrías salvar la vida a tu madre?

El corazón de Suki se estremeció.

–Haría lo que fuera por mi madre, pero lo que me propones... No puedo evitar verlo como una fría transacción.

–Una transacción con la que los dos ganamos.

–Pero lo médicos dicen que no pueden hacer nada más por ella...

–Pues se equivocan –dijo Ramón. Tomó otra carpeta del escritorio y se la llevó.

Con las manos temblándole, Suki la abrió y empezó a leer las hojas que contenía. Se mencionaban algunos de los mejores hospitales universitarios y centros de investigación del mundo, y también había cartas de especialistas de renombre que habían contestado a las preguntas que él les había formulado. No le ofrecían garantías, pero media docena de médicos distintos apuntaban un porcentaje más alto de probabilidades de que su madre se curase.

–Todo lo que dice en este informe ha sido revisado y contrastado no una, sino dos veces –le aseguró Ramón–. Lo único que hace falta para darle a tu madre la ayuda que necesita es que tú digas que sí.

Capítulo 6

SUKI releyó detenidamente el informe que Ramón le había dado. Recomendaba que el nuevo tratamiento de su madre debería empezarse de inmediato, y preferiblemente en una clínica de Miami que estaba a la vanguardia en ese tipo de terapia. Cerró la carpeta y fue a sentarse en el sofá.

Tenía el pulso acelerado y estaba tan agitada que dejó un lado la carpeta y se quitó, una tras otra, todas las horquillas que sujetaban el moño que se había hecho esa mañana. Soltarse el cabello la alivió un poco, pero su mente seguía siendo un hervidero de pensamientos por la enormidad de lo que Ramón estaba pidiéndole.

Alzó la vista hacia este, que estaba de pie frente a ella, esperando.

—¿Estás lista para que lo discutamos como es debido? —le preguntó.

Suki inspiró profundamente.

—¿Por qué yo? Seguro que en tu libreta de teléfonos tienes a alguna conquista que pasara una sola noche contigo y que estaría encantada de darte un hijo.

Ramón apretó los labios.

—Todavía no he encontrado a una sola mujer que, independientemente de lo que asegure al principio, en algún punto no empiece a fantasear con que la relación se convierta en algo más serio. Y yo no quiero una relación seria.

–Ya. Y como no quieres una relación seria, ¿te comprometiste con Svetlana para casarte con ella?

Ramón ignoró su sarcasmo.

–Me comprometí con ella porque creía que funcionaría, pero ya no lo creo así. El matrimonio no está hecho para mí. Y respecto a por qué tú... –se encogió de hombros–. Porque tú buscas a un donante de esperma y resulta que yo necesito un vientre de alquiler. Una simple transacción, sin complicaciones, a la que te comprometerás al firmar el acuerdo que mis abogados han redactado.

Suki sintió una punzada en el pecho.

–No voy a entregarte a mi bebé como si nada cuando nazca.

Ramón se quedó muy quieto, y fue entonces cuando Suki se dio cuenta de lo que había dicho.

–¿Significa eso que estarías dispuesta a darme un hijo? –inquirió él al cabo de un rato, con la voz extrañamente ronca.

Ella exhaló temblorosa.

–Yo... no... Aún no he dicho nada.

–La respuesta es muy simple: sí o no.

–Ya, ¡pues me gustaría que me dieras al menos cinco minutos para pensármelo!

–Como quieras –respondió Ramón, yendo hacia su escritorio–. Mientras lo piensas llamaré a la cocina para que nos traigan algo de comer.

Ella soltó una risa áspera.

–Unos canapés no harán que me resulte más fácil decidir.

–Ni tampoco que estés sin comer ni beber. Estás mucho más delgada que la última vez que te vi.

–Será porque he pasado por un trauma o dos.

–Pues tenemos que ponerle remedio –replicó él.

–Estupendo; engórdame antes de sacrificarme –masculló ella entre dientes.

Ramón ya había descolgado el teléfono y estaba dando instrucciones en español a alguien del servicio. Cuando colgó, volvió a plantarse de pie frente a ella un buen rato con los brazos cruzados antes de sentarse a su lado.

–¿Qué pasa, Suki? Vamos, suéltalo.

Ella no quería decir en voz alta lo que estaba pensando, pero el miedo que atenazaba su corazón no se disipaba.

–Es que... ¿no te preocupa que algo pueda salir mal? –le preguntó. «Otra vez», añadió para sus adentros.

Un músculo se contrajo en la mandíbula de él.

–Ibas a someterte a una inseminación artificial; ¿acaso te daban alguna garantía de que haciéndolo de esa manera el embarazo saldría bien?

A Suki se le encogió el corazón.

–No –musitó.

–Pues eso. Esto es lo mismo, pero te aseguro que estarás bajo la supervisión de los mejores especialistas.

Las palabras de Ramón la tranquilizaron un poco, y se sorprendió al darse cuenta de que estaba planteándose en serio acceder a lo que le había propuesto.

–¿Y cómo nos organizaríamos? –le preguntó–. Tú viajas mucho por tu trabajo y yo vivo en Inglaterra.

–Nuestro hijo nacerá aquí en Cuba. Cuando sea lo bastante mayor, trasladar mis oficinas a cualquier otra parte del mundo no será un problema. Ya lo decidiremos llegado el momento.

Suki frunció el ceño.

–Yo también tengo un trabajo, Ramón. ¿Qué esperas que haga, que me siente a mirar el aire hasta que nazca el bebé?

–Preferiría que no trabajaras durante el embarazo, y por supuesto durante los primeros años de vida del niño...

Suki lo interrumpió con una risa incrédula.

–Estás de broma, ¿no? El mundo no funciona así. Tengo facturas que pagar y tengo que cuidar de mi madre.

–¿Y cómo piensas hacer eso cuando tu empresa ha denegado tu petición para reincorporarte a tu puesto?

Ella se quedó mirándolo boquiabierta.

–¿Hay algún resquicio de mi vida en el que no hayas hurgado? No puedo creer que esto esté ocurriendo... –murmuró apartando la vista.

Ramón la agarró por los hombros para que lo mirara.

–Quiero un hijo y serás tú quien me lo dé –le dijo con voz ronca–. ¿De qué otro modo quieres que te lo diga para que te des cuentas de que hablo en serio?

Quizá fuera el tacto abrasador de sus manos sobre la piel desnuda de sus brazos, o el ligero temblor en su voz, que sonaba tan desesperada... Fuera lo que fuera, puso fin a su indecisión y comprendió que debía hacerlo. Por su madre, por sí misma, y quizá sobre todo por Luis, porque a través de su hijo siempre tendría una parte de él consigo.

–No hace falta que digas nada más –murmuró.

–Entonces... ¿estás de acuerdo?

Suki asintió.

Ramón permaneció un buen rato mirándola en silencio, mientras le acariciaba distraídamente los brazos con los pulgares. Cuando bajó la vista a sus labios, sintió un cosquilleo en ellos, como si los hubiera acariciado también.

–¿Con qué margen de tiempo contamos? –le preguntó de repente Ramón.

Ella frunció el ceño.

–¿Cómo?

–¿Estás al final del ciclo o...?

Aquella era una pregunta que no se había esperado, y sintió como se le subían los colores a la cara.

–No puedo creerme que esté hablando de mi ciclo menstrual contigo.

–Es algo natural; no tienes por qué avergonzarte.

–No me da vergüenza, es que... así, de sopetón...

–A lo mejor hubieras preferido que habláramos antes del tiempo que hace –dijo él sarcástico, y se quedó mirándola, esperando a que respondiera a su pregunta.

–Dentro de tres días habré terminado de ovular –murmuró ella finalmente.

Ramón volvió a bajar la vista a sus labios y se inclinó lentamente hacia ella.

–Entonces esta noche vendrás a mi cama.

Aquello era demasiado. Suki tragó saliva.

–No. Necesito un poco de tiempo para digerir todo esto.

Ramón frunció el ceño.

–Por mucho tiempo que te dé, no va a cambiar nada.

–Lo sé, pero aún así voy a tomarme el tiempo que necesite.

Ramón apretó los labios, pero antes de que pudiera decir nada más llamaron a la puerta. Cuando dio su permiso, entró una mujer de mediana edad empujando un carrito con bebidas frías y calientes, bollería y sándwiches.

Sonrió afectuosamente a Ramón antes de colocar las cosas sobre la mesita frente al sofá.

–Esta es Teresa, mi cocinera y ama de llaves –le dijo Ramón a Suki.

Luego la presentó a ella en español, y la mujer la saludó con otra sonrisa. Cuando se hubo retirado, Ramón se volvió hacia Suki.

–¿Qué te apetece? –le preguntó.

–Un café. Con nata y azúcar.

Ramón les sirvió café a ambos, le pasó su taza, y durante unos minutos permanecieron en silencio mientras él se bebía el café y ella se tomaba un sándwich.

–Cuando terminemos te enseñaré dónde está tu suite –le dijo–, y cuando hayas descansado te presentaré a los demás miembros del servicio y te enseñaré el resto de la villa.

Agradecida por poder tener al fin una conversación normal con él, Suki le dio las gracias antes de alargar el brazo para alcanzar un bollito de crema.

–Lo haremos mañana por la mañana –le dijo Ramón de repente–; no esperaré más.

La idea de hacerlo con él a plena luz del día casi hizo que se le atragantara el bollito.

–Mañana por la noche –se apresuró a replicar cuando hubo tragado.

Ramón no frunció el ceño, pero a Suki no le pasó desadvertido su descontento.

–¿Hay alguna razón por la que quieres desperdiciar otras veinticuatro horas? –le preguntó él, dejando la taza en su platillo.

–¿No basta con que haya accedido a darte lo que querías? ¿Hay alguna razón por la que tengamos que hacerlo de día?

Él se quedó mirándola con una expresión de sorpresa que de inmediato se tornó en una sonrisa sarcástica.

–¿Me estás diciendo que solo practicas sexo de noche?

Ella dejó su taza en la mesa.

–Mira, que hayamos hablado de mi ciclo menstrual no significa que vaya a ponerme a discutir contigo sobre mi vida sexual.

–¿Con cuántos hombres lo has hecho? –le preguntó él de sopetón.

–A lo mejor es que no me has oído; acabo de decirte que no...

–Te he oído. Y ahora contesta a mi pregunta.

Suki lo miró desafiante.

–¿Con cuántas mujeres lo has hecho tú? –inquirió, segura de que al devolverle la pelota pondría fin a aquel ridículo interrogatorio.

Ramón le dio una cifra que la dejó boquiabierta, porque era mucho más baja de lo que habría esperado.

–Ya puedes cerrar la boca –le dijo él, burlón–. No todo lo que lees en los periódicos es verdad. De hecho, me apostaría mi fortuna a que el noventa por ciento de lo que se dice de mí es falso. Bueno, tu turno.

Suki apretó los labios, sabiendo que el número que estaba a punto de decir delataría su patética falta de experiencia.

–Dos –murmuró.

Una expresión que no le dio tiempo a interpretar cruzó fugazmente por los ojos de Ramón.

–¿Dos?

–Sí.

Incapaz de seguir soportando su mirada inquisitiva, bajó la vista, pero él la tomó de la barbilla.

–¿Incluyéndome a mí?

Ella asintió abruptamente y se echó hacia atrás.

–Sí, incluyéndote a ti.

–¿El otro era un novio con el que tuviste una relación larga?

Por amor de Dios...

–No, fue una relación muy breve y de la que me arrepentí enseguida. ¿Has acabado ya con las preguntas? ¿Puedo irme ya? –inquirió levantándose.

Ramón se levantó también. Sobre la mesita, a un lado, estaban los papeles del acuerdo, y de nuevo volvió a llenarla de aprensión el pensar a lo que se había comprometido.

–Más vale que no estés pensando en echarte atrás –le advirtió Ramón, como si le hubiera leído la mente.

–Te he dado mi palabra –replicó ella.

Los ojos de Ramón brillaron de satisfacción, y esperó a que ella hubiera recogido su bolso antes de conducirla fuera de la biblioteca. Mientras lo seguía, Suki no pudo sino admirarse de la magnificencia de los pasillos y salas por los que pasaban. Los elementos barrocos se entremezclaban con otros de estilo morisco, y había bellísimas vidrieras de colores.

–¿Cuántos años tiene la casa? –le preguntó.

–El edificio original es del siglo XV, pero ha sufrido muchas reformas desde entonces. Por eso tiene un estilo arquitectónico tan ecléctico.

Suki sentía curiosidad, pero no estaba allí de visita turística, y el pensar en la enorme responsabilidad a la que se había comprometido, se acordó de que debería llamar a su madre y a su empresa para informarles de la decisión que había tomado. Lo segundo podría esperar unos días, pero lo de su madre no.

–Tengo que llamar a mi madre –le dijo a Ramón–; contarle lo que hemos acordado sobre su tratamiento.

Él lo sopesó un momento antes de asentir.

–Hay un teléfono en tu suite; podrás llamarla desde allí.

Cuando llegaron allí y entraron, Ramón se volvió para decirle:

–Si necesitas alguna cosa, solo tienes que descolgar el teléfono y pulsar el cero. Teresa no habla apenas inglés, pero los miembros más jóvenes del servicio sí lo hablan bien.

–¿Es que tú no estarás? –le preguntó ella.

–Tengo que ocuparme de unos asuntos en la ciudad, pero volveré esta noche.

Suki, que se había imaginado poco menos que se convertiría en su sombra hasta que se quedase embarazada, no supo cómo reaccionar.

–Ah, de acuerdo –murmuró.

Se quedaron mirándose una eternidad en medio de un silencio tenso. No parecía que quedara nada que decir. Bueno, había una pregunta que necesitaba que le contestara.

–¿Qué pasará después de que... de que me quede embarazada?

–¿Te refieres a si querré que sigamos compartiendo la cama?

Ella asintió, y Ramón bajó la vista un momento antes de mirarla a los ojos de nuevo.

–Cuando estés embarazada ya no tendremos que hacerlo más.

Una sensación que no habría sabido definir invadió a Suki, que asintió brevemente.

–Bien, estupendo.

Ramón paseó la vista a su alrededor, como abstraído en sus pensamientos, y a Suki le pareció advertir una honda tristeza en su mirada, esa tristeza que solo le había dejado entrever de forma intermitente a lo largo del día.

–Espera –lo llamó cuando ya iba a marcharse.

Ramón se detuvo y giró la cabeza.

–¿Qué ocurre?

Suki retorció entre los dedos la correa del bolso.

–No llegaste a contestar los e-mails que te envié, y supongo que ahora ya sé por qué, pero, en caso de que no los leyeras, quiero que sepas lo que te decía en ellos: siento muchísimo tu pérdida; Luis era muy especial, y estoy segura de que tus padres también lo eran.

Él se quedó completamente inmóvil, y su rostro se tensó antes de que asintiera.

–Gracias –murmuró.

Después de que Ramón se marchara, Suki se dio una ducha, se puso un albornoz, y fue al vestidor, donde hizo un repaso de la poca ropa que tenía para ponerse. Como no había tenido intención de permanecer más de tres días en Cuba, había metido en su maleta lo justo. Aparte del vestido y el suéter que había llevado en el viaje de ida solo tenía un par de vestidos, un camisón, unas cuantas prendas de ropa interior y unas sandalias. ¡No podría apañarse solo con eso durante nueve meses!

Tenía que calmarse, ponerse histérica no la ayudaría en nada, se dijo, saliendo al dormitorio y subiéndose a la cama. Tomó el inalámbrico de la mesilla y marcó el número del móvil de su madre. Al tercer tono esta contestó y Suki inspiró profundamente antes de decirle:

–Mamá, tengo algo que contarte.

Capítulo 7

HABLASTE con tu madre?

La pregunta de Ramón devolvió a Suki, que estaba en sus pensamientos, a la realidad. Estaban los dos sentados a la mesa, en el inmenso comedor de la villa. Alzó la vista hacia Ramón y asintió. Tenía el pelo mojado, como si acabara de ducharse, y se había cambiado de ropa.

–Sí, aunque no he podido decirle mucho porque no sé todos los detalles.

–Esta tarde he hablado con los especialistas –le dijo Ramón–. Sé pondrán en contacto con sus médicos mañana y lo organizarán todo para que sea trasladada a Miami en los próximos tres días.

–¿Tan pronto?

–Imagino que estarás de acuerdo en que cuanto antes pongamos las cosas en marcha, mejor, ¿no?

Suki sabía que no se refería solo a su madre.

–Sí, claro.

–Bien. Entonces te alegrará saber que he pedido cita para que vayamos mañana a un médico en la ciudad –le dijo él calmadamente–. Luego nos iremos a Miami y pasaremos allí el día.

Suki, que estaba llevándose la cuchara a la boca, frunció el ceño.

–¿Por qué? Mi madre ni siquiera habrá llegado.

–Ya que hasta la noche no estaremos ocupados

concibiendo un bebé –dijo Ramón–, he aprovechado para concertar una reunión de negocios por la mañana en Miami, y tú, mientras, puedes ir de compras para tener algo más de ropa que ponerte. A menos que pienses apañártelas un año entero con lo poco que has traído.

Suki frunció los labios.

–Pensaba comprar un par de cosas aquí, en La Habana, y luego traerme la ropa que me hiciera falta cuando vuelva a Inglaterra.

Ramón soltó la cuchara y apretó la mandíbula.

–Hasta que te quedes embarazada no irás a ninguna parte sin mi permiso. Y cuando eso ocurra, como hemos acordado que el bebé nacerá aquí, lo lógico es que te quedes en Cuba. Además, tu madre estará en Miami; podrás ir a visitarla cuando quieras.

Ella lo miró furibunda.

–¿Piensas dictar qué puedo o no hacer con cada segundo de mi vida a partir de ahora?

–Voy a tomar las riendas para asegurarme de que el embarazo vaya bien. Acéptalo y no habrá ningún problema.

–¡Pero si aún no estoy embarazada!

–Podrías estarlo ya si no fueras tan particular respecto a hacerlo de día.

Suki se enfureció casi tanto consigo misma, por sonrojarse, como con él.

–Por favor... Te crees todo un semental, ¿no?

Él se encogió de hombros con arrogancia.

–Te dejé embarazada hace meses aunque usamos preservativo, así que quiero pensar que esta vez tendremos la misma suerte.

–¿Y si no me quedo embarazada a la primera? –le espetó ella desafiante.

Ramón esbozó una sonrisa lobuna.

–Eso es lo maravilloso del sexo: podemos intentarlo tantas veces como haga falta. Y ahora acábate la sopa antes de que se enfríe.

–Me parece que he perdido el apetito.

–Es igual; cómetela. Tienes que comer para estar sana.

Suki puso los ojos en blanco y tomó un sorbo de agua mientras intentaba pensar en algún tema de conversación neutral que no tuviera que ver con bebés o sexo.

–Creía que no se podía volar de Cuba a los Estados Unidos –comentó.

–Hasta hace poco era así, pero las cosas están empezando a cambiar.

Suki advirtió un matiz distinto en su voz, mezcla de orgullo e ilusión.

–Sí, me he fijado en que parece que se está produciendo una recuperación en La Habana. ¿Es por ese cambio lo que ha hecho que hayas decidido quedarte en Cuba? –le preguntó.

El rostro de Ramón se ensombreció ligeramente, pero asintió.

–En parte, sí.

Teresa, que había salido del comedor para llevarse sus platos, regresó en ese momento con el segundo: pollo relleno acompañado de pimientos asados y arroz cocido en leche de coco. Continuaron comiendo en silencio, y la tensión entre ellos hizo que la conversación siguiera igual de envarada. A Suki le dolía que no tuviera ningún interés en ella más allá de utilizarla para que le diera un hijo.

–Sé que no lo hemos discutido a fondo, pero preferiría no dejar mi trabajo por completo durante el embarazo –le dijo–. Me volvería loca pasarme todo el día sentada.

Pensaba que Ramón mostraría de inmediato su desacuerdo, pero para su sorpresa se levantó y le respondió:

–Tengo un proyecto del que podrías ocuparte.

–¿Lo dices en serio?

Ramón asintió.

–Ven, te lo enseñaré.

Suki dejó su servilleta en la mesa y lo siguió fuera del comedor. La siesta que se había echado y lo tarde que él había vuelto había impedido que le enseñara el resto de la villa, como le había prometido. Sin embargo, cuando una criada la había conducido al comedor para la cena, había aprovechado para asomarse brevemente a las estancias por las que pasaban. Cada una le había parecido más impresionante que la anterior, y por eso estaba segura de que el proyecto de reforma que quería encomendarle no tendría nada que ver con la villa.

Pero eso fue hasta que llegaron a una estancia del ala oeste. La diferencia con el resto era tan chirriante que se quedó boquiabierta.

–¡Por Dios! ¿Quién ha hecho esto?

–Alguien en quien no debería haber confiado –contestó él.

La estancia, un salón en la primera planta con una terraza que daba a la piscina, había sido convertida en una pesadilla futurista-minimalista, un estilo que desentonaba por completo con el resto de la villa. Mirara donde mirara había muebles blancos que chocaban de un modo espantoso con otros con las mesas y sillas con armazón de cromo y cortinas y sillas tapizadas con telas brillantes con estampados de flores.

–¿Y por qué lo permitiste? –le preguntó ella.

No sabía si cerrar los ojos para no ver tanta estridencia, o echarse a llorar por aquel crimen.

–Desoí mi buen criterio. Y además cometí el error de darle carta blanca al diseñador. Cuando me di cuenta le dije que parara las obras de inmediato, como verás.

Suki miró la pared más alejada y se fijó en que, efectivamente, el estuco estaba a medio hacer.

–No puedo creer que hiciera... ¡esto! –murmuró ella–. ¿Pudiste salvar alguno de los elementos originales?

Para su sorpresa, Ramón asintió.

–El marido de Teresa, Mario, es el guardés de la villa. Se aseguró de que todo lo que se quitara se mantuviera intacto. ¿Te interesaría hacerte cargo de este proyecto de restauración?

–¡Ya lo creo! El último trabajo importante de restauración que hice fue en una casa de campo en Sussex. No era tan grande como esta, ni la decoración tan intrincada, pero me encantaría intentarlo.

–Estupendo. Mario te mostrará dónde guardó todo lo que se retiró. Pero eso será solo cuando...

–Cuando haya cumplido con mi «deber», lo sé. ¿Vas a enseñarme el resto de la villa?

Ramón miró su reloj.

–Me temo que eso tendrá que esperar –le dijo–. Tengo que dejarte; debo hacer unas cuantas llamadas. Además, mañana tenemos que salir temprano, y quiero que estés descansada para la noche.

A pesar del calor que le subió de repente a las mejillas, Suki lo miró a los ojos y le dijo:

–No hace falta que sigas haciendo eso, Ramón.

Él enarcó una ceja.

–¿El qué?

–Recordarme que vamos a... que voy a...

–¿A acoger mi semilla en tu vientre mañana por la noche? –terminó él por ella, sin el menor pudor.

Suki se puso aún más colorada.

–¡Por favor...! ¿Quién habla así hoy en día?

Ramón levantó una mano para acariciarle la mejilla.

–Te sonrojas con nada –murmuró–. Casi podrías engañarme y hacerme pensar que formas parte de la raza de los ángeles –añadió en un tono de clara censura.

–No es culpa mía que te hubieras formado una impresión equivocada de mí. Nunca he dicho que fuera un ángel, ni mucho menos –replicó ella–. Pero desde luego tampoco soy el diablo sin corazón que crees que soy.

Los dedos de Ramón se deslizaron hasta su nuca.

–¿No lo eres? –murmuró–. Eso está por ver...

Molesta, Suki dio un paso atrás, apartándose de él.

–No te olvides de esas llamadas que tienes que hacer.

Él se quedó mirándola un momento.

–Buenas noches, Suki –le dijo finalmente.

Ella no respondió. La rabia que se agitaba en su interior se lo impedía. Permaneció allí de pie, en silencio, mientras él salía, y luego, incapaz de seguir un instante más en aquel esperpento de salón, salió a la terraza.

El fresco aire de la noche la envolvía, pero la sangre aún le hervía por las palabras de Ramón y todo lo que había pasado ese día. ¿Cuánto tiempo más seguiría viéndola como a un monstruo? ¿Hasta que le diera ese hijo que quería? ¿Y cómo se suponía que iban a hacer el amor con la acritud que había entre ellos? No servía de nada darle vueltas a todo aquello, pero esa desazón siguió atormentándola cuando volvió a su suite y se metió en la cama.

A la mañana siguiente una criada despertó a Suki sobre las siete para decirle que «el señor» quería que salieran a las nueve, y a las ocho ya estaba en el comedor, duchada y vestida. De hecho, casi había terminado de desayunar cuando apareció Ramón, que le dio los buenos días y la miró de arriba abajo antes de comentar en un tono seco:

—Se te ve tan descansada como me siento.

A Suki no le pasó desapercibida la pulla; y no le faltaba razón: se había pasado la mayor parte de la noche dando vueltas en la cama.

—Vaya, qué lisonjero te has levantado... —respondió con sorna.

—Tal vez sería más generoso con mis cumplidos si hubiéramos pasado la noche haciendo algo útil en vez de pasarla contando ovejas —repuso él antes de sentarse.

Ella se encogió de hombros.

—Yo no he contado ovejas. Los increíbles relieves que tienen las paredes de mi dormitorio eran una distracción mucho mejor.

Ramón, que estaba sirviéndose café, levantó la cabeza, y un brillo lascivo brilló en sus ojos.

—Espero que los disfrutaras, porque esta noche no podrás entretenerte con ellos.

Aunque Suki optó por ignorarlo, sus palabras hicieron que le temblara el vientre. ¿No se había despertado ella esa mañana pensando en lo mismo? ¿Y no le había provocado ese pensamiento un cosquilleo de expectación?

Depositó con cuidado la taza de té en su platillo y se levantó.

–He terminado –dijo–. Iré por mi bolso y cuando quieras podemos irnos.

Ramón, que se había puesto a leer el periódico, se limitó a asentir sin levantar la vista y Suki abandonó el comedor.

A su regreso encontró a Ramón con sus abogados. Al parecer los había llamado para que fueran testigos de la firma del acuerdo entre ellos. Fueron todos a la biblioteca, y cuando se hubieron quedado de nuevo a solas, Ramón guardó los documentos en la caja fuerte y salieron de la casa para dirigirse al helipuerto.

El helicóptero los llevó a La Habana, y una limusina los dejó en la clínica privada donde Ramón había concertado la cita. Durante casi una hora Suki estuvo respondiendo a las preguntas del médico sobre su salud, y le tomaron la tensión y una muestra de sangre.

Creía que con eso habían terminado, cuando vio que Ramón se remangaba para que a él también le sacaran sangre y le tomaran la presión sanguínea. Al ver su sorpresa, Ramón le explicó:

–En mi última revisión estaba todo bien, pero no está de más asegurarse, ¿no?

Aturdida, ella se limitó a asentir, y se alejó hasta la ventana con un extraño cosquilleo en el estómago mientras él contestaba a las preguntas del médico. Parecía que Ramón no solo iba en serio con lo de tener un hijo, pensó mientras miraba la calle; también quería asegurarse de que su bebé naciera sano.

Cuando salieron de la clínica Ramón le dijo que el médico le había prometido los resultados preliminares de los análisis para esa tarde, y volvieron a subirse a la limusina para que los dejara en el aeropuerto, donde aguardaba el jet privado que los llevaría a Miami.

Al subir al avión, que era el colmo del lujo y el confort; sofás y sillones de cuero, mesitas con tablero de mármol, televisores de pantalla plana..., Suki no pudo sentirse más fuera de lugar con su sencillo vestido y sus sandalias, y se quedó allí de pie, embobada, mirando a su alrededor.

Al sentir una mano firme y cálida en la cintura dio un respingo, y cuando se volvió vio que era Ramón, que estaba detrás de ella.

–Tenemos que sentarnos para que el piloto pueda despegar –le dijo.

Ella asintió y se dirigió hacia uno de los sillones, pero la mano de Ramón la recondujo hacia el sofá de dos plazas. La hizo sentarse, le abrochó el cinturón de seguridad y se sentó a su lado. Incómoda por su proximidad, Suki se apartó un poco con el pretexto de cruzar las piernas y al girar la cabeza vio que Ramón se había dado cuenta y parecía que se había molestado.

–Ramón, no...

No estaba segura de qué iba a decirle para explicarse, pero en ese momento se acercó una de las azafatas para ofrecerles algo de beber. Ella le pidió un zumo y él una botella de agua mineral.

Ramón esperó a que se quedaran de nuevo a solas para lanzarle una mirada furibunda.

–Estaría bien que dejaras de comportarte como un animalillo asustado cada vez que te toco en público.

–Es que no sabía que íbamos a dejarnos ver juntos en público –replicó ella.

Ramón torció el gesto.

–¿Qué pensabas, que iba a tenerte encerrada los próximos nueve meses?

–Pero... ¿no te preocupa que pueda dar una determinada impresión? –inquirió ella vacilante.

–¿Qué clase de impresión?

Nerviosa, Suki se pasó la lengua por los labios.

–Pues... bueno, que la gente piense que estamos juntos.

Él se encogió de hombros.

–Yo no tengo ningún problema con eso. ¿Tú sí?

No. Sí. Suki sacudió la cabeza, confundida.

–Pero es que no estamos juntos –replicó–. No me gusta que la gente vaya a dar por hecho algo que no es cierto.

–¿Y qué sugieres?, ¿que haga un comunicado de prensa para anunciar que solo vamos a acostarnos para tener un hijo?

Entonces fue ella quien lo miró furibunda.

–No, por supuesto que no.

–Tú y yo sabemos cuál es la verdad –le espetó él en un tono tajante–, y eso es lo único que importa.

Capítulo 8

MIENTRAS la estilista y las dependientas de la boutique atendían a Suki, Ramón se sentó en un sillón y abrió el periódico que no había podido terminar de leer en el desayuno. Si la había acompañado era solo porque su reunión había acabado temprano; solo por eso.

Estaban en un saloncito privado, y Suki, sentada en otro sillón, observaba a las tres mujeres debatir qué estilos le irían mejor sin tomar parte en la conversación. De hecho, parecía mortalmente aburrida, y se encogía de hombros cada vez que le hacían una pregunta.

Ramón frunció el ceño irritado. A todas las mujeres les encantaba que las llevara de compras; ¿por qué a ella no? Volvió a bajar la vista al periódico, y al cabo la estilista y las dependientas se llevaron a Suki al probador.

Incapaz de concentrarse, releyó unas cinco veces el mismo párrafo antes de darse por vencido y arrojar el periódico sobre la mesita frente a él.

Justo en ese momento se abrió la cortina del probador y salió Suki.

Lo primero que le habían dado para que se probase era un vestido largo de noche en rojo carmesí, que quedaba ceñido al cuerpo del pecho a las rodillas y dejaba los hombros al descubierto. Resaltaba a la perfección su curvilínea figura.

Suki se acercó a un espejo para mirarse, y cuando la vio pasarse una mano por el estómago para alisar la tela, no pudo evitar pensar en el bebé que no había llegado a nacer, en el infierno que había vivido cuando lo había descubierto, y en la posterior agonía de haber perdido a sus padres y a su hermano de un modo tan inesperado.

No se dio cuenta de que se le había escapado un gemido ahogado de frustración hasta que Suki y las otras tres mujeres se quedaron calladas y se volvieron hacia él. La lástima en los ojos de Suki lo irritó. Quería rechazar su compasión, espetarle que no la necesitaba...

–Ese nos lo llevamos –dijo para acabar con el incómodo silencio.

Sus palabras desataron un frenesí de actividad entre la estilista y las otras dos empleadas de la boutique, que se pusieron a buscar más vestidos para que Suki se los probara, y después de su intervención le pidieron que opinara sobre cada nuevo modelo.

Al final acabó aprobando media docena de vestidos de noche, mostró su desagrado por uno dorado que enseñaba demasiado, y estaba dando su veredicto sobre una selección de ropa de diario cuando sonó su móvil. Le llamaban para decirle que los resultados de los análisis de sangre estaban perfectos y apenas hubo colgado, lleno de satisfacción, hizo una llamada para prepararan su jet privado.

Se levantó a decirle a Suki que fuera a cambiarse porque se marchaban y, mientras ella estaba en el probador vistiéndose, dio a la estilista las últimas instrucciones sobre la ropa que debían enviarles y lo pagó todo con su tarjeta de crédito.

–¿Hay alguna razón para que hayamos salido a

toda prisa, como si estuviéramos huyendo de la escena de un crimen? –quiso saber Suki cuando salieron a la calle, donde los aguardaba la limusina.

Ramón esperó a que hubieran subido al vehículo y se hubieran puesto en marcha antes de responderle.

–Ya están los resultados de los análisis: está todo bien.

–¿Y?

–Pues que volvemos a casa. Ya he esperado bastante.

Por fin las cosas se movían en la dirección que quería. No podía devolverles la vida a sus padres ni a su hermano, pero sí podía asegurarse de que su recuerdo perviviría a través de su hijo.

Cuando llegaron a Cienfuegos y se dirigieron hacia la casa, Ramón notó la aprensión apenas disimulada de Suki, a la que llevaba de la mano. También se había fijado en que apenas había comido en el avión y en que estaba un poco pálida.

Ni que fuera una virgen que iba a ser sacrificada... Claro que, teniendo en cuenta que solo había estado con un hombre aparte de él, en cierto modo sí que era como si fuera virgen.

Cuando llegaron al salón principal, Ramón se detuvo y se giró hacia ella.

–Estás nerviosa –observó.

Ella se rio con ironía.

–Vaya, ¿te has dado cuenta tú solo?

–Por si no lo recuerdas, ya lo hemos hecho antes.

Suki se puso aún más tensa.

–Sí, lo recuerdo, y si no recuerdo mal te marchaste a la mañana siguiente sin despedirte siquiera –le espetó.

Ramón era consciente de que su comportamiento ese día no había sido precisamente ejemplar.

—Supongo que buena parte de lo que ocurrió aquella noche fue... desafortunado —dijo.

—Ya —murmuró Suki, bajando la vista.

Ramón la tomó de la barbilla para que lo mirara.

—Pero no me refiero a lo que ocurrió en el coche, ni en tu cama —le aclaró con firmeza.

La expresión de ella no cambió.

—La verdad es que tampoco le veo sentido a que sigamos dándole vueltas. Lo que pasó... pasó.

Ramón sentía que debería aliviarlo que quisiera dejar el tema, pero no fue así. La soltó y fue al mueble-bar a servirse una copa.

—Voy... voy a subir a darme una ducha —dijo Suki.

Ramón se giró hacia ella. «Gran idea», habría querido decirle, pero con solo mirarla supo que no tenía intención de invitarle, así que apartó las tórridas imágenes que estaba conjurando su imaginación y asintió.

—De acuerdo. Subiré enseguida.

Ella abrió la boca, como para replicar, pero al final no dijo nada y se marchó.

Ramón se pasó una mano por el pelo. Dios... Sí, necesitaba un buen trago. Se sirvió una copa de coñac, pero no lo ayudó a calmarse ni a pensar con más claridad. Inquieto, se paseó arriba y abajo por el salón con la copa en la mano y un ojo en el reloj de pared.

Diez minutos después dejó la copa sobre el mueble-bar y subió al piso de arriba. Cuando llamó a la puerta de Suki no hubo respuesta. Irritado, giró el pomo, y exhaló aliviado al ver que la puerta se abría. Por lo menos no había echado el pestillo.

Sin embargo, Suki no estaba en el dormitorio, y no

se oía ruido alguno en el baño. La absurda idea de que había huido lo hizo dirigirse apresuradamente al balcón, pero antes de que abriese las puertas cristaleras oyó un leve ruido detrás de sí.

–¿Ramón?

Se dio la vuelta. Suki estaba en la puerta del vestidor, liada en una toalla. El cabello húmedo le caía sobre los hombros desnudos, y no pudo evitar preguntarse cómo podía ser que sin maquillaje, ni ataviada con lencería sexy, siguiera pareciéndole la mujer más cautivadora que había conocido.

Con el deseo borboteándole en las venas, avanzó lentamente hacia ella y la vio tensarse de inmediato.

–¿Te has colado en mi habitación sin mi permiso? –lo increpó.

Él se rio suavemente.

–Solo estaba asegurándome de que no habías decidido escaparte.

Se detuvo ante ella y aspiró su embriagador aroma.

–¿Y si lo hubiera hecho?, ¿si me hubiera escapado?

–Iría tras de ti –le aseguró él.

Suki se estremeció, y a Ramón le entraron ganas de deslizar los dedos por su piel de satén y hacerla estremecer de nuevo. Sin embargo, si la acariciase en ese momento, sería incapaz de parar.

Sin darle tiempo a reaccionar le pasó un brazo por la cintura, otro por debajo de los muslos y la alzó en volandas antes de dirigirse hacia la puerta. Suki, que estaba sujetándose la toalla con una mano, le plantó la otra en el hombro para erguirse y le preguntó con unos ojos como platos:

–¿Do-dónde me llevas?

–Te hice el amor en mi limusina, y luego en tu

casa, en tu cama –respondió el mientras salía al pasillo–. Esta vez será en mi cama.

Ya en su dormitorio, cerró de un puntapié y la depositó en el suelo.

–Deja caer la toalla –le dijo con voz ronca.

Suki parpadeó, miró agitada a su alrededor, y se mordió el labio.

–Déjala caer al suelo, o te la quitaré yo –gruñó Ramón.

Ella sacudió la cabeza.

–Quítate tú algo primero.

Ramón suspiró.

–¿Es que vas a empezar una discusión por cada pequeño detalle?

Suki tensó la mano con la que tenía sujeta la toalla.

–Para las mujeres la igualdad es algo muy importante.

Aquello estuvo a punto de arrancarle una sonrisilla a Ramón, pero se contuvo. Se quitó la chaqueta, dejándola caer al suelo, y a continuación se deshizo también de la corbata y la camisa.

Cuando fue a desabrocharse el cinturón, Suki se quedó mirando sus manos, como paralizada. Ramón desabrochó la hebilla y fue sacando el cinturón lentamente de las trabillas del pantalón. Que estuviera mirándolo lo excitaba aún más. Y no era que se hubiera olvidado de su objetivo, pero no veía por qué no podía aprovechar para disfrutar un poco con aquello.

–Ahora tú –le dijo–. No volveré a repetírtelo.

Muy despacio, Suki se quitó la toalla y la dejó caer.

Una descarga de deseo lo sacudió. Sí que iba a disfrutar con aquello...

Atrajo a Suki hacia sí y la agarró por la cabeza

para hacer que lo mirara. La ansiedad que reflejaba su rostro lo sorprendió.

–Mira, Suki –le dijo–. Podemos dejar que esto sea algo forzado y mecánico, o podemos intentar disfrutarlo. ¿Qué prefieres?

Ella lo miró boquiabierta y se sonrojó.

–¿Cómo.... cómo esperas que responda a eso sin... sin...?

Ramón le acarició los labios con el pulgar.

–Está bien, no tienes que responder. Yo desde luego preferiría lo segundo. Y es lo que voy a procurar, a menos que tú me pidas lo contrario.

–O podríamos dejar de diseccionar la situación y ponernos a ello –propuso Suki irritada, bajando la vista.

Ramón quería que volviera a mirarlo, pero no pudo resistirse a ese «ponernos a ello». No cuando sus manos estaban deslizándose por la gloriosa piel de Suki y la respiración de ella estaba tornándose ya entrecortada.

Por suerte la cama estaba solo a unos pasos. Tumbó a Suki en ella, se quitó el resto de la ropa, y tuvo que reprimir un gruñido de excitación y controlarse cuando la vio mirar su erección con unos ojos como platos.

Se tendió a su lado, la atrajo hacia sí y deslizó la mano por su espalda. Suki se arqueó hacia él, y gimió cuando sus pezones endurecidos rozaron su pecho. Incapaz de contenerse, agachó la cabeza para tomar uno de ellos en su boca y Suki gritó de placer al tiempo que hundía los dedos en su pelo.

Sí, no había ninguna razón por la que no pudieran disfrutar concibiendo a aquel bebé que daría continuidad a su linaje, se dijo.

A los pocos minutos el fiero deseo que lo embargaba amenazaba ya con hacerle perder la cordura y por eso, sin poder esperar ya más, la hizo rodar sobre el costado y se colocó sobre ella.

Suki exhaló temblorosa cuando Ramón le separó las piernas. No podía ser... no podía ser que estuviera disfrutando con aquello. No podía ser que cada célula de su cuerpo estuviese deseándolo, pero un cosquilleo de placer la recorrió cuando los dedos de Ramón comenzaron a acariciar la parte más íntima de su cuerpo.

Luego se inclinó sobre ella, y fue bajando por su cuerpo beso a beso, dejando un reguero de fuego a su paso. Suki movía la cabeza de un lado a otro sobre la almohada, frenética, y no se dio cuenta de que estaba clavándole las uñas en los brazos hasta que oyó a Ramón gruñir excitado.

Al llegar a su vientre Ramón se detuvo y una expresión enigmática se dibujó en su rostro antes de que depositara también un beso sobre él, un beso que provocó en ella una emoción que no quiso intentar desentrañar, aunque tampoco tuvo tiempo de hacerlo, porque en ese momento la boca de Ramón fue más abajo, y todo pensamiento racional la abandonó.

Apenas se había recobrado del primer orgasmo cuando notó que Ramón la asía con firmeza por las caderas.

—Abre los ojos —le dijo con voz ronca.

Suki, cuyo pecho subía y bajaba agitado, obedeció, y los intensos ojos verdes de Ramón escrutaron los suyos antes de penetrarla. Se hundió en ella hasta el fondo con una exhalación y se quedó muy quieto, con los dientes apretados. De tanto en tanto se estremecía, y el verlo luchando de esa manera por controlarse produjo a Suki una punzada de satisfacción.

Ramón comenzó a sacudir las caderas con embestidas poderosas, implacables, tomando posesión de ella con una maestría que la estaba haciendo enloquecer. Suki, que necesitaba algo a lo que aferrarse, le hincó los dedos en la cintura.

–Ramón...

–Lo sé... Déjate llevar... Entrégate a mí...

Suki se abandonó entre intensos gemidos al placer que se desató en su interior, y al poco Ramón soltaba un gruñido casi animal antes de hundirse una última vez en ella, depositando su semilla en su interior.

Ramón rodó sobre el costado, llevándola con él, pero Suki se apartó. Había cumplido con su obligación; al menos por esa noche. Se movió hacia el borde de la cama y bajó las piernas, pero antes de que pudiera levantarse el brazo de Ramón se lo impidió, agarrándola por la cintura, y la arrastró de nuevo hacia él.

–¿Dónde crees que vas? –le preguntó.

Aún había color en sus mejillas y tenía el pelo todo revuelto. ¿Por qué tenía que ser tan condenadamente sexy?

–Me vuelvo a mi habitación.

–De eso nada. Hasta que no te quedes embarazada, dormirás cada noche en mi cama. Mañana haré que traigan aquí tus cosas.

Temblorosa como una hoja, Suki sacudió la cabeza y le dijo:

–Pre-preferiría que no...

Ramón contrajo el rostro, visiblemente molesto.

–Si crees que vas a hacerme ir a buscarte cada noche, estás equivocada.

–¿A buscarme? Si mi habitación está a dos pasos...

–Pues así nos ahorraremos la molestia de estar en habitaciones separadas.

Suki sacudió la cabeza de nuevo; su instinto estaba gritándole que aquello era una muy mala idea.

Ramón resopló impaciente.

–Está bien, si lo que quieres es tener un poco de independencia, puedes ducharte y vestirte en tu suite. Pero las noches las pasarás aquí conmigo; ¿estamos de acuerdo?

Suki comprendió que no serviría de nada seguir discutiendo con él. No le quedaba más remedio que aceptar su oferta.

–Está bien.

Satisfecho, Ramón la besó en los labios antes de levantar la cabeza para mirarla.

–Una cosa más –añadió.

–¿Sí? –inquirió ella con voz trémula.

Ramón se inclinó sobre ella.

–El que hayas intentado marcharte tan pronto después de que hayamos terminado me induce a pensar que crees que solo te haré el amor una vez en la noche –murmuró contra sus labios, provocando un cosquilleo en los de ella–. ¿Me equivoco?

A Suki le ardían las mejillas.

–Yo no... ni siquiera había pensado en eso.

Él esbozó una sonrisa burlona.

–Bueno, pues por si te pasara por la cabeza, ya sabes a qué atenerte. Y tampoco te pienses que me limitaré a hacerte el amor solo por las noches –le advirtió.

Capítulo 9

A SUKI le quedó claro muy pronto que Ramón no se iba a dar por vencido hasta que la dejase embarazada de nuevo. Rara era la noche en que la dejaba dormir más de dos o tres horas seguidas. Además, no se limitaba a hacerle el amor en el dormitorio, sino en los sitios más dispares, como la ducha o la azotea. Y cuando no estaba haciéndole el amor, se pasaba horas encerrado en su estudio, donde pintaba y esculpía.

Le había enseñado a Suki toda la villa a la mañana siguiente de que regresaran de Miami. Todas y cada una de las veintiocho estancias la habían impresionado con sus elementos en madera, piedra, cristal tallado, sus valiosas antigüedades... Y además había descubierto que había otras dos estancias, un pequeño comedor y una sala de estar, que también necesitaban que las restaurasen. Lo único que no le había mostrado era su estudio, un pequeño edificio de ladrillo y cristal separado de la casa.

Por una especie de acuerdo tácito, ni Ramón ni ella habían mencionado la necesidad de que se hiciera una prueba de embarazo. Suki trataba de ignorar a la vocecilla malévola que sugería que no quería saber si estaba embarazada para poder seguir compartiendo el lecho de Ramón, y se decía que de todos modos la semana siguiente, cuando se suponía que debía bajarle la regla, ya lo sabrían.

Hasta entonces se mantuvo ocupada elaborando una lista de arquitectos y restauradores cubanos y entrevistándolos por videoconferencia. Y cuando su madre llegó a Miami fue a verla y pasó el día con ella. Esta le había preguntado cómo era que aún seguía en Cuba, y la mentira piadosa que le había contado Suki, que Ramón le había encargado la restauración de algunas estancias de su villa, le había hecho torcer el gesto. Sin embargo, la verdad la habría alterado aún más.

La llamada a su jefa había ido mejor de lo que había esperado, ya que esta le había dicho que estarían encantados de volver a contar con ella cuando se sintiera preparada para reincorporarse. Suki, que no estaba segura de cómo sería siquiera su futuro inmediato, le había expresado su gratitud y le había prometido mantenerse en contacto con ellos.

La ropa que habían comprado en Miami ya había llegado, y eran cajas y cajas. En una de ellas incluso había encontrado el vestido dorado que a Ramón no le había gustado. Y esa noche, extrañamente, le había pedido expresamente que se lo pusiera para la cena.

Se suponía que iban a cenar a la luz de las velas en la azotea, pero media hora después de que se sentase a la mesa Ramón aún no había aparecido. Se levantó y fue hasta la barandilla. Las luces de su estudio estaban encendidas. Vaciló un momento, dudando si debería ir allí o no, pero al final bajó a su dormitorio a por un chal para echárselo sobre los hombros y fue en su busca.

Los zapatos planos que llevaba apenas hacían ruido mientras avanzaba por el sendero de adoquines que llevaba al estudio. Cuando llegó a la puerta levantó la mano para llamar, pero se quedó paralizada al oír una sarta de improperios en español, seguida de fuertes golpes.

Estaba debatiéndose entre el impulso de huir y el de averiguar si Ramón se encontraba bien, cuando la puerta se abrió con violencia.

–¡Por el amor de...! –exclamó Ramón, clavando sus ojos verdes en ella–. ¿Qué haces aquí?

Suki miró detrás de él y vio que el suelo estaba cubierto de polvo y de fragmentos rotos de mármol.

–Se suponía que íbamos a cenar juntos, pero llevaba media hora esperándote y no aparecías, así que vine a buscarte para ver si estabas... ¿Estás bien?

Ramón salió y cerró la puerta tras de sí.

–Estoy bien. Te pido disculpas por haberte hecho esperar –le dijo con aspereza, pasándose una mano por el pelo–. En cinco minutos estoy contigo.

Había muchas preguntas que Suki quería hacerle, pero era evidente que le estaba diciendo que se fuera, así que volvió a la casa y, fiel a su palabra, cinco minutos después Ramón se reunía con ella en la azotea.

Suki, que estaba apoyada en la barandilla, se giró al oírlo llegar, y por un momento Ramón pareció quedarse mudo al verla.

Mientras que delante del espejo el vestido le había parecido simplemente un poco atrevido, ahora, con los ardientes ojos de Ramón fijos en ella, lo notaba completamente pegado al cuerpo y se sentía como si fuera desnuda.

Y luego, cuando se sentaron a la mesa, a pesar del esfuerzo de Ramón por mantener una conversación cordial, lo notaba tremendamente tenso. No sabía si era por el destrozo que había visto en su estudio, o por el vestido, pero tampoco se atrevió a preguntar.

Cuando intentó taparse disimuladamente con el brazo para que no viera cómo se le marcaban los pezones bajo el vestido, Ramón dejó en la mesa su copa y se lo apartó.

–Estamos a solas, Suki. Deja de esconderte de mí.

Ella torció el gesto.

–No fue buena idea decirme que me pusiera este vestido.

–Yo lo veo como una manera de ejercitar la fortaleza interior y la paciencia –respondió él en un tono jocoso.

Sin embargo, a Suki no le pasó desadvertido lo tensa que tenía la mandíbula, ni como se movía en su asiento cada pocos minutos, cuando posaba la mirada en su pecho.

Mientras le rogaba a su cuerpo que se calmara, intentó consolarse con el hecho de que parecía que había recuperado el apetito. Ramón, en cambio, apenas estaba comiendo.

–O te incomoda mi vestido más de lo que quieres admitir –apuntó Suki al acabar su plato–, o hay algo que te preocupa. ¿Tiene que ver con el destrozo que habías hecho en tu estudio? –se atrevió a preguntarle.

Él se encogió de hombros y dijo:

–Soy un artista; puedo permitirme tener un arrebato temperamental de cuando en cuando.

–Pues por tu expresión parece como si ahora mismo también estuvieras a punto de explotar, así que me da que ese arrebato tuyo de antes no te ayudó a desahogarte.

Ramón entornó los ojos.

–Es lo que me pasa cuando no consigo plasmar la idea que visualizo en mi mente.

–¿Un bloqueo artístico?

Ramón contrajo el rostro.

–Yo prefiero llamarlo... frustración.

–¿Cuánto hace de tu última obra? –inquirió Suki.

–Pinté mi último cuadro hace ocho meses. De la última escultura que terminé... hace incluso más.

Antes de la terrible pérdida de sus padres y su hermano, pensó ella. ¿Le habría afectado también su ruptura con Svetlana?

–Ya que estamos hablando de temas personales –dijo Ramón–, ¿a quién se le ocurrió ponerte de nombre «Suki», a tu padre, o a tu madre?

Ella alzó la vista, algo sorprendida por aquella pregunta inesperada.

–A mi madre –respondió con una sonrisa–. Era el nombre de su profesora favorita.

–¿Y tu padre no puso ninguna objeción? –inquirió él.

Suki bajó la vista al plato para ocultarle la mezcla de ira y angustia que la invadía cada vez que pensaba en su padre.

–Mi madre estuvo saliendo con mi padre unos meses, pero después de acostarse con ella él desapareció. Cuando mi madre descubrió que estaba embarazada, removió cielos y tierra para dar con él, y cuando lo encontró resultó que le había mentido y estaba casado. Y, ¡oh, sorpresa!, se desentendió por completo de sus obligaciones como padre.

–¿Y en todo este tiempo nunca has intentado buscarlo?

–Lo hice cuando tenía dieciséis años. Un día me salté las clases y fui a las oficinas donde trabajaba. Supongo que no era el mejor sitio para ir a pedirle cuentas, pero yo no era más que una adolescente. Me dejó claro que no quería saber nada de mí.

–Quizá si lo intentaras de nuevo ahora las cosas serían distintas.

–Quizá. Pero él sabe dónde encontrarme. Siempre lo ha sabido. Y nunca ha mostrado el menor interés por contactar conmigo. Eso lo dice todo.

Ramón la miró serio y pensativo, y apretó los labios, como irritado.

–Pues es una pena.

Suki puso su mano sobre la de él.

–Entiendo que pienses que es una pena que no tenga trato con mi padre porque en tu familia estabais muy unidos, pero yo no creo que me haya perdido gran cosa por que no haya formado parte de mi vida.

Ramón entornó los ojos, y Suki se temió que volviera a prender en él la mecha de la ira por no haberle dicho en su momento lo del embarazo.

–No estoy diciendo que piense eso de todos los padres –se apresuró a puntualizar–; solo del mío. Por lo poco que sé de él, lo más probable es que, aunque se hubiese quedado al lado de mi madre, probablemente a la larga su relación no habría funcionado. Creo que mi madre no se enamoró de él en realidad, sino de la idea romántica que ella tenía del amor. Y él, por supuesto, jamás habría dejado a su esposa por un romance de una noche.

–¿Me estás diciendo que nada de eso influyó en tus actos? –la presionó él.

Su tono no era un tono de condena, ni tan duro como el que había empleado con ella el día del servicio religioso por sus padres y su hermano. Su pregunta parecía más bien delatar una cierta vulnerabilidad y una sutil necesidad de que lo reconfortase.

Suki apartó su mano.

–Piénsalo, Ramón: ¿estaría yo aquí, intentando

tener otro hijo contigo, si no lo quisiera yo también?
Los médicos me aseguraron que, si me volvía a quedar embarazada, las probabilidades de que ese bebé
también tuviera una cardiopatía congénita eran muy
bajas, pero aun así me da un poco de miedo pensar
que...

–¿De que tuviera qué? –la cortó Ramón abruptamente.

Suki frunció el ceño.

–A nuestro bebé le diagnosticaron una cardiopatía
congénita. Creía que lo sabías... Me dijiste que habías
contratado a un investigador privado y que...

Se quedó callada cuando a Ramón se le resbaló la
copa de la mano y rodó por el blanco mantel, tiñén-
dolo de rojo.

–Dios mío... –masculló.

Se quedó mirándola, aturdido y con el rostro lí-
vido, antes de levantarse y apartarse unos pasos de la
mesa. Se volvió hacia ella.

–Cuéntame qué... cómo... –se quedó callado y
tragó saliva.

–Me dijeron que podrían operar a nuestro bebé
cuando naciera, pero que la intervención entrañaba
muchos riesgos, y que las probabilidades de que sobreviviera eran prácticamente nulas –le explicó Suki
con el corazón en un puño–. Consulté a diferentes
especialistas, pero ninguno me garantizaba el éxito de
la operación.

–¿Por eso abortaste?

Ella asintió angustiada.

–Entonces... de no haber sido por ese diagnóstico,
¿tu intención era seguir adelante con el embarazo?

–Sí. ¿De verdad no lo sabías?

Ramón contrajo el rostro.

–No. Después de que Luis me dijera que habías abortado, estaba tan furioso que no quise escuchar nada más. Le retiré la palabra durante varias semanas y al final acabamos por acordar no hablar más del asunto. Al detective que contraté solo le pedí que verificara fechas y que investigara tus finanzas, no que averiguara por qué habías abortado... –cerró los ojos y sacudió la cabeza–. Madre de Dios...

–Lo siento.

Ramón volvió a abrir los ojos y en un tono de amargo remordimiento respondió:

–No, soy yo quien lo siente. Lo siento muchísimo.

A Suki se le hizo un nudo en la garganta y cuando se le saltaron las lágrimas se acuclilló junto a su silla para enjugarle las lágrimas con los pulgares.

–Esta vez todo saldrá bien –le dijo con voz ronca.

Ya fuera una orden al universo, o un ruego formulado con la arrogancia que lo caracterizaba, Suki se encontró a sí misma asintiendo, y rezó en silencio por que así fuera.

Ramón la tomó de la mano, la llevó hasta la barandilla y en un tono más amable le pidió más detalles. Ella se los dio sin reservas, y sintió que al compartir su dolor con él se le hacía un poco más llevadero.

Cuando volvieron a la mesa el servicio había retirado los platos, habían cambiado el mantel y sobre él les esperaba el postre: pastelitos tradicionales hechos por Teresa.

–Come, sé que son tus favoritos –dijo Ramón, acercándole la bandeja.

Suki lo miró con una ceja enarcada.

–¿Estás intentando engordarme?

–No, estoy intentando acabar con esta cena cuanto antes para poder llevarte a mi dormitorio y quitarte ese condenado vestido –replicó él con voz ronca y el fuego del deseo en los ojos.

Y tal como lo dijo, lo hizo. Solo que el vestido no sobrevivió a su impaciencia, y a Suki la asaltó la sospecha de que desde un principio lo había comprado con la intención de acabar haciéndolo trizas.

A la mañana siguiente, cuando recogió del suelo los andrajos del vestido, recordó la conversación que habían tenido la noche anterior, y cierto asunto que la inquietaba y que no se había atrevido a tocar: Svetlana.

Svetlana... y por qué Ramón le había mentido, diciéndole que había roto su compromiso con ella. Seguía doliéndole pensar que se había acostado con ella estando aún comprometido.

–Por más que lo mires, me temo que a ese vestido ya no le podrás dar más uso.

Suki se volvió. Ramón estaba en la puerta del dormitorio. Tenía las manos en los bolsillos del pantalón, y por lo tensos que estaban sus hombros, parecía que él también se sentía aún incómodo por la conversación de la noche anterior.

–Sí, estaba... estaba a punto de deshacerme de él.

–¿Después de darle la extremaunción? –la picó Ramón.

Suki no respondió y apartó la vista. Los pensamientos que la agitaban le impedían ver el humor en aquella situación.

Ramón se puso serio, fue junto a ella y la tomó de la barbilla para que lo mirara.

–¿Qué ocurre?

Ella sacudió la cabeza, temerosa de cómo acabaría aquella conversación si se lo decía.

–Responde, Suki.

–¿Por qué me mentiste la noche de mi cumpleaños? ¿Por qué me dijiste que habías roto tu compromiso? –le soltó ella de sopetón.

Ramón apretó la mandíbula.

–No te mentí.

Ella lo miró decepcionada.

–No negaste que os fotografiaron juntos después de que tú y yo...

–No lo negué porque era verdad, pero también es cierto que ya no estábamos prometidos.

–Eso no es más que semántica. Siguierais prometidos o no, la cuestión es que aún estabas con ella cuando te acostaste conmigo. ¡No solo la engañaste a ella, sino que me hiciste a mí cómplice de tus actos!

Ramón se alejó hasta las puertas del balcón, y cuando se dio la vuelta su expresión no podría ser más intimidante.

–Ese día, el día de tu cumpleaños... descubrí que Svetlana me estaba siendo infiel.

Un gemido ahogado escapó de la garganta de Suki.

–Ella me juró que no era cierto, pero no la creí y puse fin a nuestro compromiso.

–Por eso estabas de tan mal humor aquella noche... –murmuró ella.

Ramón bajó la vista un momento a la moqueta.

–Por eso saqué conclusiones erróneas sobre ti –contestó–. Unas semanas después me suplicó que le concediera el beneficio de la duda. Me negué, pero faltaba poco para el estreno de una película en la que debutaba como actriz, y me imploró que mantuviéramos las apariencias hasta ese día. A mí me quedó patente su falta de moral, pero no iba a ganar nada fastidiándola, así que accedí. Además, sabía que tendría a los medios detrás en cuanto se enteraran de nuestra ruptura, y era una manera de posponerlo un poco.

–¿O sea que seguisteis con la relación solo por mantener las apariencias?

Ramón se encogió de hombros.

–Llevábamos juntos un año, pero los dos teníamos una vida muy ajetreada y en los dos últimos meses apenas nos habíamos visto, así que no me pareció un mal trato ir a ese estreno a cambio de que nuestra ruptura tuviera la menor repercusión mediática posible.

Suki frunció el ceño.

–Pero bastante después siguieron saliendo fotos vuestras.

–Svetlana intentó convencerme de que volviera con ella. Incluso se negó a dejar de llevar su anillo de compromiso, y se presentaba en sitios donde sabía que yo estaría.

–Y supongo que la mandarías a paseo, ¿no?

La expresión de Ramón no cambió, pero por su silencio supo que estaba sopesando sus palabras.

–Seguía insistiendo en que era inocente, y cuando me demostró que uno de los rumores que corrían sobre ella era falso, decidí escuchar lo que tenía que decir.

«Porque estabas enamorado de ella...», pensó Suki.

–¿Porque la... querías? –inquirió.

Ramón frunció el ceño.

–Estábamos prometidos e íbamos a casarnos; ¡pues claro que la quería!

Suki sintió una horrible sensación de vacío en el estómago.

–Entonces... ¿por qué ya no estás con ella?

–Porque solo uno de los rumores resultó ser falso –contestó Ramón en un tono gélido.

Cuando Suki comprendió a qué se refería, se quedó boquiabierta.

–¿Te fue infiel... con varios hombres?

Ramón apretó la mandíbula.

–Según parece se sentía sola y yo no pasaba el suficiente tiempo con ella, así que se echó en brazos de otros hombres –se pasó una mano por el pelo, revolviendo sus mechones negros–. ¿Hemos acabado ya con el interrogatorio? ¿Estás satisfecha ahora que sabes que no fuiste cómplice de una infidelidad aquella noche?

Aunque sus explicaciones la habían aplacado, la sensación de vacío en su estómago no se disipó.

–Sí, estoy satisfecha –murmuró.

Ramón exhaló y volvió junto a ella.

–Venía a decirte que el almuerzo ya está listo. Comeremos en el patio –le dijo–. Teresa ha preparado boliche.

Aunque aquel estofado tradicional de Cuba estaba delicioso, aquella era la primera vez que uno de los platos de Teresa no conseguía abrirle el apetito a Suki, que tomó solo unos cuantos bocados cuando se sentaron a la mesa, unos minutos más tarde, y porque se obligó.

También era la primera vez que Ramón no la regañaba por no comer, quizá porque a medida que avanzaba el almuerzo estaba cada vez más abstraído en sus pensamientos, y Suki tuvo que morderse la lengua para no preguntarle en qué estaba pensando. O más bien en quién estaba pensando.

Por eso, cuando les retiraron los platos, le preguntó:

–¿Te importa si me salto el postre? Quiero darme un chapuzón en la piscina y prefiero no llenarme demasiado.

–Como quieras.

Su tono indiferente era otra prueba de que tenía la

cabeza en otra parte, así que Suki se levantó y se alejó hacia la piscina. Dejó en una tumbona la camisola que llevaba sobre el bikini, se quitó las chanclas y se metió en el agua.

Mientras nadaba, no podía dejar de darle vueltas a lo de Ramón y Svetlana, y al cabo de un rato, agotada física y emocionalmente, se paró a descansar, apoyándose en el bordillo. Por un momento perdió la noción del tiempo, y cuando volvió a la realidad se reprendió por esa obsesión que no la llevaba a ninguna parte. Se sumergió bajo el agua y buceó hasta el otro extremo para salir de la piscina.

Para su sorpresa, cuando subía los escalones, se encontró con que Ramón estaba esperándola. La envolvió en una toalla, la acompañó hasta las tumbonas, y esperó a que se hubiera secado antes de servirle una limonada.

Mientras Suki se la bebía, Ramón alcanzó el bote del *after-sun*, se echó un chorro en la palma de la mano y subió el pie de ella a su regazo. En silencio, se puso a aplicarle la loción con un suave masaje en el tobillo y la pantorrilla.

–Siento lo de antes, en el dormitorio –se disculpó ella–; haberte obligado a hablar de lo que para ti son malos recuerdos.

Ramón se quedó callado un momento antes de encogerse de hombros. Como tenía puestas las gafas de sol, Suki no podía verle los ojos.

–No importa –respondió. Sus manos se detuvieron sobre su muslo–. ¿Hay algo más que te preocupe? Creía que ya lo habíamos aclarado todo, pero quizá quieras que hablemos de lo que te tenía tan abstraída hace un momento, cuando te has quedado un buen rato apoyada en el bordillo con la mirada perdida.

–¿Me estabas vigilando?

–Te habías metido en la piscina nada más acabar de comer –contestó él, como si eso lo explicara todo.

–Sabes que se ha demostrado que no tiene ninguna base científica eso de que se corta la digestión si te metes en el agua después de comer, ¿no? –le dijo ella irritada.

–Lo que sé es que parece que estás intentando empezar una pelea. ¿Me equivoco?

Suki soltó una risa seca.

–No lo sé. A lo mejor deberíamos culpar a mis hormonas revueltas de todo lo que ha ocurrido en las últimas horas.

Sus palabras cayeron pesadamente entre ellos, y Ramón se quedó paralizado.

–¿A qué hormonas te refieres?

–¿Tú qué crees? –le espetó ella en un tono quedo.

Ramón se quitó las gafas, como si quisiera verla bien antes de preguntarle:

–¿Estás segura?

Su voz delataba el torbellino de emociones que se revolvía en su interior y Suki, que se sentía igual, inspiró para tratar de calmar su corazón desbocado.

–Cre-creo que sí.

Ramón se levantó y le tendió una mano.

–Solo hay una manera de averiguarlo. Ven.

–¿Adónde?

–A la casa. A menos que quieras hacerte la prueba de embarazo aquí en medio.

Ella lo miró con unos ojos como platos.

–¿Has comprado una prueba de embarazo?

–Pues claro. Y no una, sino una docena, cuando estuvimos en Miami.

–Pero... no me habías dicho nada...

Ramón volvió a tenderle su mano, impaciente.

–Estaba esperando a ver si tú me decías algo. Y ahora estamos perdiendo el tiempo aquí charlando.

Suki tomó su mano y cuando se levantó notó que le temblaban las piernas. Por un momento se quedaron mirándose el uno al otro, sin decir nada, hasta que Ramón la alzó en volandas y la llevó dentro. Subió las escaleras con ella en brazos como si no pesara nada, y no se detuvo hasta que llegaron al cuarto de baño de su suite.

Tras dejarla en el suelo, abrió un cajón y empezó a sacar cajas de pruebas de embarazo. Cuando iba por la quinta, Suki lo detuvo.

–Creo que con estas ya tenemos bastante.

Ramón la miró como si fuera a replicar, pero finalmente asintió.

–¿Necesitas algo más? –inquirió mirando a su alrededor.

–No. Nada... nada más.

Aun así, Ramón vaciló, pero al cabo volvió a asentir y salió, cerrando tras de sí.

Con el corazón en la garganta, Suki se puso manos a la obra. Tres interminables minutos después tenía la respuesta.

Al salir del cuarto de baño se encontró a Ramón paseándose en círculos por el dormitorio. Cuando la oyó, se giró de inmediato.

Suki, que se sentía como si de pronto la hubieran abandonado las fuerzas, se apoyó en el marco de la puerta y levantó las pruebas de embarazo en sus manos.

–Estoy... estoy embarazada.

Ramón se quedó mirándola aturdido. Al ver que no decía nada, Suki se pasó la lengua por los labios, nerviosa, y le preguntó:

–Ramón, ¿has oído lo que...?

–Sí, lo he oído –respondió él con voz ronca.

–¿Y? –inquirió ella, con una mezcla de alegría, esperanza y temor.

Ramón salió de su aturdimiento y en un par de zancadas estaba a su lado. Tomó su rostro entre ambas manos y la miró con una expresión de firme determinación.

–Esta vez las cosas serán distintas –le prometió–. Esta vez todo saldrá bien.

Suki, que necesitaba precisamente oír eso, aferrarse a algo, inspiró profundamente y asintió.

–Sí, saldrá bien –repitió.

Capítulo 10

UNA SEMANA después Ramón entró en su luminoso estudio, y se detuvo. Se sentía maravillosamente bien. Padre... Iba a ser padre... No era que la tristeza y la angustia que lo habían perseguido desde entonces se hubiesen desvanecido de repente, pero por primera vez no se sentía presa de una desesperanza absoluta.

Miró a su alrededor, paseando la mirada por las obras inacabadas que atestiguaban su turbulento estado mental. Las piezas que le había prometido a varias galerías para próximas exposiciones yacían abandonadas: enormes pedazos de metal, piedra y mármol cubiertos con tela negra.

Ignorándolas, fue hasta el fondo del estudio, donde había varios bloques de piedra y mármol sin tallar, dispuestos en hilera sobre unos soportes con ruedas. Se decidió por un bloque de mármol de Carrara y lo empujó hasta el centro del estudio. Se quitó la camiseta, tomó sus herramientas de trabajo y empezó a esculpir.

Tres horas después la idea que había esbozado en su mente había empezado a tomar forma. Y, lo más inquietante, también estaba tomando forma la idea de que tal vez debería cambiar los parámetros del acuerdo al que había llegado con Suki.

Sopesó mentalmente los pros y los contras mientras

golpeaba el mármol con el martillo y el cincel. En más de un sentido era un camino que no quería volver a recorrer, pero no podía pensar solo en él. Y el bebé que estaba en camino pesaba más que cualquier contra.

Para Suki, las primeras seis semanas del embarazo pasaron en medio de una mezcla vertiginosa de pura dicha, esperanza y momentos inevitables de temor. Ramón, por su parte, estaba pendiente todo el tiempo de su bienestar. Igual que se había afanado en dejarla embarazada, ahora había asumido el rol de inflexible cuidador, nunca se alejaba demasiado mientras estaba despierta, y le recitaba estadísticas tranquilizadoras cuando la preocupación amenazaba con apoderarse de ella.

Entre lo comprometido que lo veía, la tranquilidad que le habían transmitido los médicos en cuanto al embarazo, y el hecho de que su madre hubiera superado con éxito la primera parte del tratamiento, debería estar más que feliz. Y lo estaba... salvo por un enorme agujero en el telar de su dicha: Ramón y ella ya no compartían el lecho.

Aunque había sabido que ese día llegaría, no podía evitar la angustia que se había alojado en su pecho por ese abrupto cambio, inmediatamente después de que hubiesen confirmado que estaba embarazada.

–¿Qué te ocurre?

Suki dio un respingo al oír la voz de Ramón detrás de sí, y del susto se le cayó el trapo con el que había estado aplicando abrillantador al marco de un antiguo cuadro del salón que estaba restaurando.

–¿A qué te refieres? –le espetó en un tono despreocupado, agachándose a recoger el trapo–. No me ocurre nada.

–Entonces, ¿por qué estabas ahí de pie, con el rostro contraído y una mano en el estómago?

Al comprender por dónde iban sus pensamientos, se apresuró a dejar a un lado el trapo, apoyó el cuadro en la pared y se volvió.

–Ramón, estoy bien, te lo pro-... –comenzó, pero el resto de las palabras se le atascaron en la garganta al verlo.

Iba sin camisa; otra vez. Una fina capa de sudor bañaba su torso esculpido y humedecía el reguero de vello que desaparecía bajo la cinturilla de los pantalones, manchados de polvo de mármol.

–¿Qué decías? –inquirió Ramón, sacándose un pañuelo del bolsillo trasero para limpiarse las manos.

Esos dedos largos y hábiles, el sudor que cubría su piel, ese olor tan masculino... Dios, la volvía loca...

–Decía que estoy bien –contestó en un tono irritado–. ¿Tienes que ir por ahí medio desnudo todo el tiempo?

Él enarcó una ceja.

–¿Por qué?, ¿te molesta verme sin camisa?

A Suki le entraron ganas de reírse, o de llorar. Tal vez incluso de pegar un grito o dos. Pero en vez de eso optó por mostrarse digna y serena.

–¿Sabes qué? Puedes pasearte como quieras; estás en tu casa.

–Vaya, gracias... creo –contestó él con aspereza.

Sin nada más que añadir, pero sobre todo ansiosa por hacer algo para evitar caer en la tentación de quedarse ahí plantada, admirando su magnífico torso desnudo, agarró el cuadro y echó a andar hacia la puerta. Pero no había dado más que unos pasos cuando él se adelantó y se lo quitó de las manos.

–Contraté a un segundo equipo para que te ayudaran y no tuvieras que cargar con nada, Suki –le recordó molesto.

Y así era. Hacía unos días había llegado ese segundo equipo de arquitectos y, tomando como base las fotografías que Ramón conservaba de la decoración original del salón, habían elaborado un calendario de las labores de restauración.

Además, Ramón le había prohibido hacer tareas pesadas y para que organizase y supervisase el proceso habían convertido una de las muchas estancias del segundo piso en un despacho temporal para ella.

–Ese cuadro pesa menos que mi portátil –le dijo–. Y, además, me viene bien el ejercicio.

Ramón la miró ceñudo.

–El ejercicio sí, pero no subir y bajar las escaleras una docena de veces al día.

Suki se abstuvo de replicar que solo había bajado dos veces en lo que iba de día, una para desayunar y otra para almorzar.

–¿Habías venido aquí para algo, o solo para refunfuñar?

Él se quedó mirándola un momento con los labios fruncidos, y acabó saliendo de la habitación sin darle una respuesta. Irritada, Suki lo siguió al piso de abajo, y en el pasillo se encontraron con el contratista. Ramón le dio el cuadro y le soltó una parrafada en español.

–Vamos –dijo luego, volviéndose hacia ella.

–¿Adónde? ¿Y qué le has dicho al contratista?

Él echó a andar hacia el salón principal, y a Suki no le quedó más remedio que seguirle.

–Le he dicho que hagan menos visitas a la cocina para picar algo, y se aseguren de que no andes tú llevando las cosas de un sitio a otro.

–¡Ramón!

Él se detuvo y se volvió.

–Teníamos un trato –le espetó molesto–, y confiaba en que no hiciera falta que tuviéramos esta conversación.

–Estás haciendo una montaña de un grano de arena.

Ramón masculló algo en español y siguió andando. Cuando llegaron al salón, le sostuvo la puerta para que pasara.

La luminosidad de aquella estancia bañada por el sol siempre tenía un efecto balsámico en Suki, que se adentró en ella mirando a su alrededor embelesada y acariciando con los dedos los antiquísimos muebles cargados de historia.

Ramón se quedó apoyado en el marco de la puerta, observándola en silencio.

–¿Me estás mirando así por alguna razón? –inquirió ella.

–He empezado a trabajar en la primera obra que Luis quería que esculpiera para ti –le dijo solemne.

El corazón de Suki palpitó con fuerza.

–¿Estás esculpiendo y pintando otra vez?

La expresión del rostro de Ramón era inescrutable.

–Eso parece.

Suki habría querido preguntarle desde cuándo y por qué, pero, temerosa de cuál fuera su respuesta, solo inquirió tímidamente:

–¿Puedo... puedo saber qué clase de escultura es?

–Aún no lo he decidido. He esbozado algunas ideas, pero necesito un modelo en el que basarme, y he pensado en ti.

Suki lo miró sorprendida.

–Pero yo... ¿Estás seguro? Nunca he posado.

Él se encogió de hombros.

–Eres la persona que tengo más a mano.

–Vaya, gracias –murmuró ella con sorna–. De pronto ya no me siento tan especial.

Los ojos de Ramón se ensombrecieron.

–Para Luis sí lo eras. Debería haber pensado en utilizarte como modelo desde el principio; me habría ahorrado mucho tiempo –le dijo–. ¿Lo harás?, ¿posarás para mí?

¿Cómo no iba a hacerlo? Era un regalo que Luis había querido hacerle, un regalo que guardaría siempre con cariño.

–Claro, por supuesto que lo haré.

–Bien. Pues vamos a mi estudio.

Suki bajó la vista a su vestido blanco de algodón y manga corta. Debajo llevaba un bikini amarillo que se había convertido en su favorito.

–¿No hace falta que me cambie?

Él la miró largamente de la cabeza a los pies.

–No, estás bien como estás.

Salieron por la puerta de atrás y tomaron el serpenteante sendero empedrado que conducía al estudio de Ramón.

Colocados en hilera a lo largo de las dos paredes laterales había varios bultos de grandes proporciones tapados con telas negras, probablemente obras inacabadas.

–¿Por qué tienes todas esas obras cubiertas? –le preguntó Suki.

–No me gusta tener distracciones mientras trabajo.

¿Distracciones o recordatorios de Svetlana?, se preguntó Suki, sintiendo una punzada de celos. Según Luis, la primera vez que Ramón había visto a Svetlana había sido desfilando en una pasarela de Milán y lo había fascinado de tal modo que le había pedido que posara para un cuadro. A los pocos días habían empezado a salir, y antes de un mes le había pedido que se casara con él.

De pronto se dio cuenta de que Ramón le estaba hablando.

–Perdón, ¿qué decías?

–He dicho que te quites la ropa.

Él corazón se le subió a la garganta y la engulló una ola de calor.

–¿Cómo? ¿Qué?

–El vestido, quítatelo. Ahora, Suki –le insistió Ramón.

Ella vaciló, pero finalmente asió el dobladillo con ambas manos y se sacó el vestido por la cabeza.

La brusca exhalación que él soltó pareció reverberar en el estudio. Le quitó el vestido de las manos y lo arrojó a un lado.

–Y ahora el resto –le ordenó con voz ronca.

A Suki le faltaba el aliento, pero de nuevo fue incapaz de negarse. Se descalzó y luego, con dedos temblorosos, desanudó las tiras que sujetaban la parte de arriba y de abajo del bikini, que cayeron al suelo. Se quedó allí de pie, desnuda, con la cabeza inclinada y el cabello rizado formando una cascada sobre sus hombros.

Por el rabillo del ojo vio a Ramón dando vueltas a su alrededor, estudiándola. Cuando se detuvo frente a ella, se decidió a levantar la cabeza y mirarlo a los ojos, y para su sorpresa se encontró con que él también parecía agitado. Había color en sus mejillas, y su respiración entrecortada hacía subir y bajar su pecho desnudo.

–Ven –le dijo, y la tomó por el brazo para hacerla subir con él a una tarima, sobre la que había una cama estrecha cubierta con una sábana blanca–. Túmbate ahí.

Suki se tendió boca arriba en el camastro, estremeciéndose al sentir la sábana fría contra la espalda. El deseo que la recorría hizo que se arqueara ligeramente cuando Ramón le puso una mano en el vientre. Aunque había ganado peso en las últimas semanas, aún tenía el vientre plano.

Y, sin embargo, ya se sentía diferente, como si el embarazo estuviese provocando un cambio en ella que podía sentir desde la cabeza hasta la punta del pie.

Un torbellino de emociones enturbió las facciones de Ramón, cuyos ojos estaban fijos en su vientre, donde se estaba gestando el hijo de ambos.

–Dios mío... –murmuró mientras la recorría con la mirada, absorbiendo los sutiles cambios en su cuerpo.

De repente se apartó de ella y se bajó de la tarima. Fue por un cuaderno de dibujo y un trozo de carboncillo y se sentó en una silla. Junto a esta, en el suelo, había una botella de ron y un vaso. Se sirvió un dedo de licor, se lo bebió de un trago y su mano empezó a volar sobre el papel.

Suki no habría sabido decir si el tiempo pasaba deprisa o lento. De pronto se sentía abstraída en aquella experiencia trascendental. Cuando Ramón se lo indicaba, se giraba a un lado o a otro, y se quedaba quieta, intentando no moverse.

Al cabo Ramón dejó el cuaderno en el suelo y se sirvió otro poco de ron. Sus ojos la observaban fascinados mientras frotaba el vaso entre las palmas de las manos.

Si las cosas fueran distintas, el que la estuviese mirando de ese modo habría hecho que el corazón le palpitase como un loco. Pero el dolor que le había provocado comprobar la facilidad con que se había abstenido de volver a tener relaciones con ella, y el saber que lo único que le importaba era el bebé, no pudo evitar que un gemido de angustia escapara de su garganta.

Ramón dejó el vaso en el suelo para levantarse, subió a la tarima y la ayudó a incorporarse.

—¿Estás bien? —le preguntó con voz ronca.

Suki, que tenía un nudo en la garganta, tuvo que hacer un esfuerzo para contestar.

—¿Ya tienes lo que querías? —le preguntó.

Por alguna razón la pregunta hizo que Ramón se pusiera tenso de repente. Sus facciones se endurecieron, dio un paso atrás y se bajó de la tarima, poniendo de nuevo distancia entre ellos.

—Sí, ya puedes vestirte.

Mientras Suki volvía a ponerse el bikini, el vestido y las chanclas, su corazón aceptó finalmente la verdad y se encogió dolorido, pero no pudo evitar mirar una última vez a su alrededor. Siempre asociaría aquel lugar al momento en que había reconocido para sus adentros que su enamoramiento se había convertido, para siempre, en algo mucho, mucho más profundo.

Capítulo 11

CREO que necesitamos un cambio de aires –anunció de repente la voz de Ramón detrás de Suki. Esta, que estaba apoyada en la barandilla de la azotea observando la puesta de sol, le respondió sin volverse:

–¿Qué quieres decir? ¿Adónde vamos a ir?

En esas dos últimas semanas apenas lo había visto. Cada mañana después de desayunar desaparecía y se recluía en su estudio. No almorzaba ni cenaba con ella. Suki había perdido el apetito, y solo se obligaba a comer por el embarazo.

Estaba enamorada de Ramón, pero a él solo le importaba el bebé que llevaba en su vientre. Dolida por ese pensamiento, apretó la barandilla de metal con ambas manos.

Había adoptado la costumbre de huir allí arriba cuando pasaba el peor calor del día para disfrutar del atardecer. Había un cenador con una mesa de hierro forjado y un par de bancos del mismo estilo con mullidos cojines; era el lugar perfecto para sentarse en compañía de un libro.

Al oír un repiqueteo de loza tras ella, se volvió y vio a una criada con una bandeja subiendo por las escaleras. Ramón le indicó que lo pusiera todo en la mesa, y la criada asintió, colocó una a una las cosas que llevaba en la bandeja y se retiró.

–Ven, sentémonos –le dijo Ramón a Suki.

Ella tomó asiento y aceptó un café descafeinado y un bollito aunque no le apetecían nada.

Ramón se sirvió un expreso y tomó un bollito también. Se echó hacia atrás y la escrutó en silencio mientras masticaba.

–Cada año, en el mes de septiembre, mi fundación de arte celebra un concurso destinado a artistas cubanos para descubrir a nuevos talentos –comenzó a explicarle–. Se admite a veinticinco participantes. La selección final se hace a mediados de octubre, y exponemos las obras de diez de ellos en mis galerías durante dos semanas.

Aquel tema inesperado, que no tenía nada que ver con el embarazo, despertó su interés.

–¿Aquí en Cuba?

Él asintió.

–Sí, aunque también en las galerías que tengo en otros países. Teresa me ha dicho que estás comiendo menos y que estás a punto de volverte loca por tener que estar todo el día metida en la casa –añadió–. Ahora que tu madre está de vuelta en Londres para la segunda fase del tratamiento, he pensado que podríamos hacer una parada allí para ver a tu madre después de pasar por Madrid para visitar la exposición.

Embelesada ante la idea de poder pasar el tiempo haciendo algo más que dándole vueltas a los pensamientos que la atormentaban, en un primer momento no reparó en lo que había dicho.

–Eso sería fan... espera, ¿es que le has dicho a Teresa que me espíe? –le preguntó molesta.

Él se encogió de hombros.

–Le preocupa tu bienestar tanto como a mí. No quiero que acabes loca de atar.

–No me estoy volviendo loca –protestó ella.

–Bueno, el caso es que la primera exposición es este viernes –le dijo Ramón–. Mi secretaria preparará un itinerario y lo organizará todo para que nos acompañe el equipo médico.

Suki torció el gesto.

–¿Es necesario que vengan con nosotros?

Hasta ese momento había sobrellevado las visitas del equipo dos veces por semana, pero estaban empezando a sacarla de quicio.

Ramón la miró muy serio y todo su cuerpo se tensó, como si se estuviera preparando para una pelea.

–Sí. No es negociable.

Suki se levantó y se alejó hasta la baranda. Cuando sintió a Ramón acercarse, se volvió hacia él y le espetó:

–¿Aunque su presencia me recuerde que en cualquier momento podría pasar algo?

Él parpadeó, como sorprendido, y frunció el ceño.

–No lo había visto de ese modo.

–No, tú estás al frente de un emporio internacional y estás acostumbrado a que las personas que trabajan para ti se anticipen a los problemas y los prevengan antes de que ocurran.

Ramón alargó el brazo para remeterle un mechón tras la oreja. Aunque era un gesto amable, su cuerpo seguía tenso.

–Es la manera más eficiente de mitigar posibles problemas –dijo.

Suki apretó los puños.

–Pues yo no soy uno de tus negocios.

Ramón dejó caer el brazo, se metió las manos en los bolsillos y bajó la vista un momento. Cuando volvió a levantarla, parecía aún más decidido.

–Ya he perdido demasiado. No pondré en riesgo la salud del bebé.

Suki lo miró dolida.

–¿Y crees que yo sí lo haría?

Ramón apretó la mandíbula.

–Acordamos que durante el embarazo un equipo médico te monitorizaría.

Su tono tajante y ese recordatorio de que no era más que el vientre que estaba gestando a su hijo destruyeron la minúscula esperanza que aún albergaba Suki. La esperanza de que tal vez cuando naciera el bebé podrían forjar una relación. Había sido un anhelo desesperado, patético, pero que hasta ese momento había creído posible.

La mirada de Ramón le decía algo completamente distinto. Aunque la deseara, su corazón jamás sería suyo. Aflojó los puños lentamente.

–Bien, si eso es lo que pone en ese trozo de papel que firmamos, pues que vengan –le espetó.

Y después de rodearlo bajó las escaleras y lo dejó solo en la azotea.

Ramón la vio marcharse y se preguntó si no estaría equivocándose. Suki había firmado el acuerdo, sí, pero... ¿podía un trozo de papel abarcar la realidad con todos sus matices? Había visto el tormento en sus ojos. El mismo tormento, sin duda, que debía haber experimentado cuando le comunicaron el diagnóstico de ese bebé que no había llegado a nacer.

Aquello había sido un trago muy duro para ella. ¿No debería dejarla respirar un poco? Se puso una mano en la nuca y alzó la vista hacia el cielo mientras intentaba pensar con claridad. Era como si su instinto, en el que siempre había confiado, de repente le estuviera fallando.

«¿No será que ya no confías en lo que te dice?», le susurró una vocecilla.

Se apoyó en la baranda y trató de apaciguar sus agitados pensamientos, pero no lo consiguió. Suki ocupaba su mente de noche y de día. Al menos había encontrado una válvula de escape en la escultura casi terminada que iba tomando forma en su estudio.

«¿Esa que está empezando a convertirse en una obsesión para ti?», lo picó aquella misma vocecilla.

Ramón gruñó irritado. ¿Y qué si estaba obsesionándose? Era la última voluntad de su hermano; iba a cumplir con ella. ¿Y qué si estaba volcándose en esa obra como no lo había hecho con ninguna otra antes? ¿Y qué si por las noches, al caer rendido en la cama soñaba con la mujer que la había inspirado y se despertaba con una sensación de vacío?

«¡Basta!», se increpó. Se sacó el móvil del bolsillo, llamó a su secretaria y después de darle instrucciones precisas sobre el equipo médico que debía acompañarles, colgó. Luego volvió a guardar el móvil y trató de tener unos momentos de paz disfrutando de la puesta de sol, pero al cabo de un rato estaba llamando a su secretaria de nuevo para darle unas instrucciones un poco distintas. Y aunque la vocecilla se rio, burlona, la ignoró.

En su viaje a La Habana dos días después todo salió a la perfección. La exposición de nuevos talentos estuvo muy concurrida entre artistas locales, ávidos coleccionistas y galeristas extranjeros interesados en el arte cubano. De hecho, ya había recibido varias llamadas de otras galerías en los Estados Unidos y Europa que estaban interesadas en exponer las obras de tres de sus nuevos talentos.

Acababa de darles la buena noticia a los artistas en cuestión cuando sus ojos se posaron en Suki, que estaba en el otro extremo de la sala, hablando con uno de aquellos jóvenes talentos. El vestido de encaje y manga corta que llevaba quedaba ceñido por arriba, mientras que la falda, que le llegaba a las rodillas, era bastante más holgada.

De todas las mujeres presentes, era sin lugar a dudas la más cautivadora, y daba fe de ello que todos los hombres se girasen para mirarla. No lo sorprendió el sentimiento posesivo que se despertó en su interior. El cavernícola que había en él habría querido gruñir a esos hombres y decirles que era suya, pero se contuvo.

Se dirigió hacia donde Suki seguía conversando con el artista, y se detuvo a unos pasos de ellos.

En ese momento ella, que estaba asintiendo a lo que él le estaba explicando, esbozó una sonrisa, la primera que veía en sus labios en mucho tiempo, y de nuevo sintió una punzada de celos.

Un camarero se acercó a ellos, y Ramón vio al joven tomar dos copas de champán de la bandeja que llevaba. Cuando le ofreció una a Suki, ella la rechazó con otra sonrisa, pero el tipo insistió, en un claro intento por engatusarla.

–Venga, solo una copa, señorita. Hágalo por mí, por haber conseguido arrancarle una sonrisa –le oyó decirle presuntuoso.

Ramón ya no aguantó más y se plantó detrás de él en un par de zancadas.

–Cuando una dama dice no, debes comportarte como un caballero y no insistir –lo increpó.

El joven se volvió para replicarle irritado, pero se quedó callado al ver que era él y dio un paso atrás

–Tiene razón, señor Acosta –murmuró–. Lo siento –se disculpó, volviéndose hacia Suki–, no pretendía molestarla, señorita... Disfrute de la velada –dijo atropelladamente, y se alejó zigzagueando entre la gente.

Los ojos azules de Suki miraron acusadores a Ramón.

–Solo estaba siendo amable conmigo. ¿Tenías que humillarlo de esa manera?

Ramón llamó a un camarero que pasaba y tomó un vaso de coñac para él y un cóctel sin alcohol para ella.

–Estaba traspasando una línea que no debería haber traspasado.

–¿Qué línea?, ¿de qué hablas? Solo estábamos charlando.

–Eres la mujer más hermosa de todas las que hay aquí. Eres una ingenua si crees que cualquier hombre que se te acerque solo quiere charlar –le espetó él.

Ella soltó una risa seca.

–¿Se puede saber qué te pasa? Si no te conociera diría que estás celoso.

–Pues siento decirte que no debes conocerme, porque sí que lo estoy.

El vaso se tambaleó ligeramente en la mano de Suki, que abrió mucho los ojos y se sonrojó de un modo adorable.

–Ramón...

–Estás deslumbrante, pero detesto ese vestido que llevas.

Suki frunció los labios.

–Pues la culpa es tuya; lo elegiste tú.

–Bueno, entonces no sabía que me encontraría deseando ver los cambios de tu cuerpo por el embarazo en cada momento.

Ella frunció el ceño, contrariada.

–¿Te encuentras bien? Estás muy raro.

Ramón se rio y, sin poder resistirse, le pasó un brazo por la cintura.

–Es que la falda de ese vestido es demasiado holgada –le explicó.

–Si aún ni se me nota el embarazo... –replicó ella.

–Es igual. Hay algo que quería decirte: me he dado cuenta de que hace dos días no fui tan comprensivo contigo como debería haberlo sido.

Suki enarcó una ceja.

–Tengo la sensación de que ya hemos pasado por esto antes. ¿Estás intentando disculparte?

Él se permitió una pequeña sonrisa.

–Si te dijera que necesito tiempo para encontrar las palabras adecuadas, ¿volverías a subirte a mi limusina?

–Sería como el «Día de la Marmota» –bromeó ella.

Ramón la tomó por la barbilla.

–Ahora en serio, he estado pensando en lo que me dijiste y he hecho lo que querías. Cuando viajemos fuera lo haremos solos.

–¿Pero cómo...?

–Tú déjame a mí la logística. Puedes estar tranquila; si en algún momento necesitaras atención médica, la tendrás.

Ella se quedó callada un momento antes de asentir con los ojos brillantes de alivio.

–Gracias.

–No hay de qué.

Cuando Suki hizo ademán de apartarse, intentó encontrar algún motivo para mantenerla a su lado, y como no se le ocurría ninguno le puso una mano en el vientre. Ella se estremeció y bajó la vista.

–Mírame, Suki –le dijo. Esperó a que alzara la vista de nuevo y añadió–: el bebé me importa, pero tú también. ¿Lo entiendes?

Ella asintió con ojos brillantes, y la tirantez que Ramón sentía en el pecho se disipó un poco.

–¿Nos vamos? –le propuso.

Suki miró a su alrededor.

–Pero... eres el anfitrión.

–Hace una hora se vendió la última obra y nuestros nuevos talentos ya están recibiendo un montón de encargos. Mi labor aquí ha concluido.

Necesitaba salir de allí, tantear a Suki con el arriesgado plan que había ideado.

–Bueno, si estás seguro...

Ramón tomó el vaso de Suki y lo dejó, junto con su copa, en la bandeja de un camarero que pasaba cerca.

–Estoy seguro –le dijo a Suki–. Vamos.

Entrelazó sus dedos con los de ella y la condujo fuera de la galería, deteniéndose el tiempo justo con las personas que lo paraban para saludarlo. En el exterior los esperaba una limusina.

Cuando subieron y le pidió al chófer que los llevara al aeropuerto, Suki lo miró sorprendida.

–¿Nos vamos ahora mismo?

–Pensé que podríamos matar dos pájaros de un tiro. Tú estás cansada y necesitas dormir un poco, y yo ponerme al día con unos asuntos de trabajo antes de que aterricemos en Madrid, y podemos hacer ambas cosas durante el vuelo.

Y cuando ella se despertara pondría su plan en marcha.

Ya fuera porque estaba demasiado cansada, o porque la idea no le parecía mal, Suki no replicó, sino que se descalzó, bostezó y apoyaba la cabeza contra el respaldo y murmuró un «de acuerdo» antes de que se le cerraran los ojos.

Que hubiera sido tan fácil convencerla lo tuvo preocupado durante todo el trayecto al aeropuerto, y solo cuando recibió en el móvil confirmación de que se habían cumplido las instrucciones que había dado, se permitió al fin relajarse un poco.

Como Suki estaba aún adormilada cuando llegaron al aeropuerto y se bajaron de la limusina, la tomó en volandas para subirla al avión. Ella se acurrucó contra su pecho, y Ramón sintió que se relajaba un poco más. Sí, el plan que había trazado era el correcto.

Preso de la ira y el dolor, hasta ese momento solo había pensado a corto plazo, en una manera rápida de poner fin a la agonía de su pérdida. Había llegado el momento de pensar a largo plazo, se dijo mientras subía la escalerilla de su jet privado con Suki en sus brazos.

Cuando Suki se despertó ya estaban a medio camino, sobrevolando el Atlántico. Ramón, que estaba sentado en un sillón junto a la cama del amplio camarote en que la había acostado, la observó mientras se incorporaba y se apartaba la sedosa melena del rostro.

–¿Has dormido bien? –le preguntó.

Ella asintió, bajó la cabeza, y al ver que estaba en combinación, le preguntó con recelo:

–¿Me has quitado tú la ropa?

–Sí, me pareció que con el vestido estarías incómoda.

Suki asintió, aún sin mirarlo. Ramón se inclinó hacia delante en su asiento, apoyando los brazos en los muslos, e inspiró profundamente.

–Suki, tenemos que hablar.

Los hombros de ella se tensaron, y retorció entre los dedos una esquina de la colcha. Tragó saliva.

–Habla –lo instó.

Aquello era una locura. A lo largo de todos esos años se había enfrentado a negociaciones muy difíciles como empresario, pero nunca se había sentido tan nervioso como en ese momento.

–Ha llegado el momento de que hablemos del futuro del bebé, de nuestro futuro –le dijo Ramón.

Suki levantó la cabeza como un resorte y cuando lo miró a los ojos vio en ellos el mismo recelo que había notado en su voz.

–Acordamos que lo hablaríamos cuando naciera, y faltan un montón de meses para eso.

Ramón asintió.

–Lo sé, pero...

–¡No renunciaré a mi bebé! –Suki se inclinó hacia delante con la barbilla levantada, desafiante, mientras colocaba una mano sobre su vientre en un gesto protector–. Que te quede bien claro. Me enfrentaré a ti en un tribunal si es necesario.

Su fiereza lo sorprendió.

–No te estoy pidiendo que renuncies a él; lo que te estoy pidiendo es que unamos nuestras fuerzas, que tomemos las decisiones que tomemos a partir de ahora, lo hagamos juntos.

Ella frunció el ceño. Ramón querría levantarse, tomar sus manos, besarla, hablarle de todas las emociones que se revolvían en su interior... Pero, ¿cómo podría hacerlo cuando ni él mismo era capaz de entender todas esas emociones?

–Perdona –le dijo Suki–, pero creo que me he perdido.

Él inspiró profundamente y se puso de pie, en parte porque ya no podía soportar seguir sentado, y en parte porque necesitaba estar cerca de ella cuando le dijera lo que iba a decirle.

–Quiero que esto sea permanente; quiero que te cases conmigo.

Capítulo 12

SUKI se alegró de estar sentada. Si no lo hubiera estado, sus palabras la habrían hecho caerse de espaldas.

–¿Por qué, Ramón? ¿Por qué?

Él se quedó callado un momento, como si estuviera intentando ordenar sus ideas. Era evidente que se traía algo entre manos.

–Creo que las circunstancias en las que nos encontramos son una buena razón para casarnos, ¿no te parece?

A Suki el corazón le dio un vuelco y tuvo que hacer un esfuerzo para contener las lágrimas.

–¿Cuando hace solo unas semanas me dijiste que lo del matrimonio no era para ti?

Sabiendo ahora lo que no había sabido entonces, aquello le resultaba aún más doloroso. La mujer a la que amaba lo había traicionado, y él había cerrado su corazón para siempre al amor. Y que ahora estuviese dispuesto a obligarse a pasar otra vez por eso, solo por el bebé...

–Las cosas han cambiado –le dijo Ramón–. Yo he cambiado. Si los dos nos ponemos de nuestra parte para que funcione, funcionará. Quiero intentarlo.

Suki deseaba con todo su corazón poder volcar su amor en Ramón y que él la amara, pero sabía que a él solo le importaba el bebé. Con el corazón en un puño, sacudió la cabeza y balbució:

–No... no creo que...

Ramón levantó una mano para interrumpirla.

–Quizá este no sea el mejor momento para proponerte matrimonio, a bordo de un avión a más de diez mil metros de altura, pero no tienes que responderme ahora mismo. Lo que está en juego es demasiado importante; tómate tu tiempo para pensarlo.

Suki asintió porque se dio cuenta de que sí, necesitaba tiempo. Decir no en ese mismo momento sería como dar un salto mortal sin red.

Ramón se inclinó hacia ella y la besó en la mejilla.

–Muy bien. Te veo fuera; ven cuando estés lista.

Cuando se hubo marchado, Suki se dejó caer sobre los almohadones e intentó desterrar la fantasía de que le había pedido que se casase con ella porque la amaba. Sabía muy bien cuál era la cruda realidad.

Podría decirle que no, y cuando llegara el día inevitable en que definitivamente se separaran sus caminos, lamerse a solas las heridas. O podría quedarse, enfrentarse al dolor de no ser correspondida, hallar la manera de superarlo y poner los cimientos para que su bebé tuviera una vida lo más feliz posible.

Si habían concebido a ese pequeño siendo conscientes de lo que implicaba una responsabilidad así, ¿por qué no habrían de poder hacer lo mismo si se casaran?

«Porque le amas», le recordó su conciencia. El corazón se le encogió de angustia. Inspiró profundamente y trató de empujar a un lado el dolor para centrarse en los hechos. Y los hechos eran que preferiría pasar los próximos cinco años junto a Ramón y su bebé que sola.

Se levantó, fue al cuarto de baño y se echó agua en la cara. Pasaron varios segundos antes de que fuera capaz de mirarse en el espejo, y varios más hasta que su conciencia dejara de reprenderla por el camino que había escogido.

Ramón estaba mirando algo en su portátil cuando salió. Al verla se levantó como un resorte. La miró expectante, con los hombros tensos y la mandíbula apretada.

–Pensaba que volverías a echarte y dormirías un rato más –le dijo.

–Bueno, acabas de pedirme que me case contigo; ninguna mujer podría conciliar el sueño después de que le suelten algo así de sopetón –medio bromeó ella–. ¿Quieres que te dé ahora mi respuesta o debería...?

De pronto el avión se zarandeó un poco. Suki se tambaleó hacia Ramón, que la agarró por los brazos al tiempo que ella apoyaba las manos en su pecho para no caerse.

–Dímelo ya –casi le ordenó Ramón.

Ahora que había llegado el momento de la verdad a Suki se le atascaron las palabras. ¿De verdad iba a decirle que sí?

Pero entonces alzó la vista hacia su rostro, tan apuesto, y sintió contra la palma de la mano los rápidos latidos de su corazón. Su propio corazón también palpitaba desbocado.

Se humedeció los labios, inspiró profundamente, y respondió:

–Sí, me casaré contigo, Ramón.

Él también inspiró y cuando inclinó la cabeza Suki se quedó paralizada, creyendo que iba a besarla, pero solo apoyó su frente en la de ella y le dijo:

–Nos irá muy bien; te doy mi palabra.

No, era imposible que ese matrimonio funcionara

cuando él no la amaba, pero Suki optó por morderse la lengua y dejarse llevar por esa mentira.

Al igual que otros hoteles de la cadena, también era un edificio antiguo el que alberga el Hotel Acosta Madrid, concretamente un palacio renacentista de varias plantas en la Plaza de las Cortes.

Si a Suki el de La Habana le había parecido espectacular, aquel lo era aún más, y se quedó boquiabierta cuando entraron en su suite del ático. Allí podrían haberse alojado holgadamente cuatro familias. Había tres dormitorios, amplios salones, un estudio... y hasta una piscina privada.

Dejó a Ramón, que estaba haciendo una llamada, y salió a la azotea. Rodeó la piscina y se acercó a la barandilla para disfrutar de la brisa de la tarde y de la vista, con la fuente de Neptuno a unos metros.

Unos minutos después oyó salir a Ramón, que se le acercó por detrás y apoyó las manos en la barandilla, a ambos lados de ella. Cuando la besó en la coronilla, el corazón le dio un brinco.

–Podemos darnos una ducha y salir a cenar, o darnos un chapuzón en la piscina y cenar aquí –le dijo.

–Umm... Prefiero la segunda opción. Tengo la sensación de que el jet lag espera agazapado para saltar sobre mí.

–Muy bien, pues llamaré para que luego nos suban la cena. Aunque antes hay otra decisión que debes tomar.

La tomó de la mano y la llevó dentro de nuevo. En el salón principal los esperaban sentados dos hombres que se levantaron al verlos llegar. Uno de ellos, grande y corpulento, era evidente que era un guardaespaldas.

El otro, mucho más bajo, llevaba un maletín enganchado a la muñeca con unas esposas.

Ramón mantuvo una breve conversación en español con este último y Suki y él se sentaron en el otro sofá, frente a ellos. El hombre del maletín lo colocó sobre la mesita, y cuando lo abrió Suki se quedó boquiabierta. Sobre el revestimiento de terciopelo negro del maletín había hilera tras hilera de anillos de diamantes, a cual más impresionante.

–No tenemos toda la tarde –le dijo Ramón–; tienes que escoger uno. El que escojas será tu anillo de compromiso.

Nerviosa, Suki tragó saliva y paseó la vista por los anillos del maletín, y acabó escogiendo uno sencillo, con un diamante tallado en forma de óvalo y rodeado por diamantes más pequeños.

Cuando Ramón miró al joyero y asintió con la cabeza, el hombre apartó el anillo que había escogido y lo guardó en una cajita antes de tomar la medida de su dedo para ajustárselo.

Aquella transacción, que se llevó a cabo prácticamente en silencio, no podía haber sido más surrealista, pero era algo a lo que tendría que acostumbrarse si iba a casarse con Ramón, se recordó un rato después, ya en su dormitorio, mientras se ponía el bikini.

Cuando salió, Ramón ya estaba junto a la piscina, tendido en una tumbona. La observó mientras se acercaba, recorriéndola con la mirada de arriba abajo.

Sintiéndose algo vergonzosa de repente, Suki vaciló antes de decidirse a quitarse el caftán de seda negra que se había puesto encima del bikini.

Ramón se incorporó y la agarró por las caderas, haciéndola darse la vuelta, antes de atraerla hacia sí, de modo que Suki quedó de pie entre sus piernas abiertas.

–Ya se te nota... –murmuró maravillado, con un ligero temblor en la voz.

Deslizó una mano por su vientre, y Suki se estremeció.

–Yo diría que apenas –respondió en un murmullo.

Él sacudió la cabeza.

–No, sí que se te nota –replicó–. Es asombroso...

La atrajo un poco más hacia sí y se inclinó para depositar un suave beso en su vientre.

A Suki le flaquearon las piernas y los ojos se le llenaron de lágrimas, que contuvo a duras penas parpadeando con fuerza, mientras su corazón gemía por todo aquello que jamás podría tener.

Ramón besó su vientre de nuevo, y luego otra vez. Suki, que ya no podía soportarlo más, dio un paso atrás y se volvió con el pretexto de colgar el caftán del respaldo de su tumbona.

–A este paso en nada de tiempo el bebé estará llorando para que le dé el pecho –bromeó–, así que antes de que pase voy a darme un chapuzón.

Y, sin esperar a Ramón, se dirigió a los escalones de la zona menos profunda, que por suerte estaba en el extremo opuesto, lejos de su inquisitiva mirada.

Hizo dos largos antes de que Ramón se uniera a ella. Nadaba a su lado, mirándola de tanto en tanto, y cuando notó que empezaban a cansársele los brazos, la agarró por la cintura y la arrastró hacia el bordillo.

–No voy a dejar que te agotes –murmuró contra su cabello mojado–. Ni aunque sea para evitarme.

Como era justamente lo que había estado haciendo, Suki pensó que lo más sensato sería no decir nada. O quizá fuera que las cuerdas vocales habían dejado de funcionarle porque estaba pegada al cuerpo de Ramón.

En un intento por no pensar en eso, le hizo la pregunta que llevaba todo el día rondándole por la cabeza:

–En el itinerario que me diste dice que el doctor Domingo y su equipo venían a Madrid esta mañana. ¿Significa eso que ya están aquí?

–Así es.

–¿Pero cómo...?

–No querías sentirte agobiada por su presencia, así que lo organicé todo para que viajaran por separado.

Ella lo miró con unos ojos como platos.

–Pero eso debe costarte una fortuna...

–Con tal de que estés tranquila, doy ese dinero por bien empleado. Y ya que hablamos de eso... mañana es la primera ecografía –le dijo Ramón–. Puede que sea un poco pronto, pero creo que los dos la necesitamos para quedarnos más tranquilos.

Suki sintió una punzada en el pecho y Ramón, como si hubiera advertido su aflicción, le levantó la barbilla con un dedo y mirándola a los ojos le dijo:

–El bebé estará bien.

–Eso no puedes saberlo.

–Estará bien –insistió él, como si tuviera el poder de hacer que así fuera.

Aunque Suki no sabía muy bien por qué, la firmeza de Ramón mitigó sus temores, y dejó que la condujera fuera de la piscina.

Se dieron una ducha y se cambiaron, y al poco llegó su cena. Cuando estaban tomando el postre llamaron a la puerta de nuevo. Era un empleado del joyero, que traía el anillo ya ajustado. Ramón no esperó a que terminaran de cenar, se acuclilló junto a ella para ponérselo, y le besó los nudillos, haciendo que el corazón le palpitara con fuerza.

Sin embargo, cuando acabaron de cenar y la acompañó a su dormitorio antes de irse al suyo, supo que nada había cambiado.

La noche siguiente se celebraba la segunda exposición. Esa mañana Suki se levantó tarde y lo primero que hizo fue hablar por videoconferencia con su madre, que estaba a punto de empezar la segunda tanda de pruebas para el tratamiento. La animó saber que todo iba bien y, esquivando las preguntas de su madre acerca de su situación, se despidió de ella con la promesa de que harían un alto en su viaje de regreso a Cuba la semana próxima para visitarla.

El doctor Domingo y su equipo llegaron justo antes del almuerzo con todos sus aparatos médicos. Le tomaron la presión sanguínea, que estaba bien, y el médico le pidió que se tumbara en la cama para hacerle la ecografía.

Ramón se sentó en el otro lado de la cama y le tomó la mano. Sus facciones reflejaban la misma tensión que sentía ella mientras el doctor Domingo le aplicaba el gel en el vientre.

Los siguientes cinco minutos pasaron horriblemente despacio, sin que la cara de póquer del médico les dejara entrever nada, hasta que Ramón saltó, impaciente, y lo acribilló a preguntas en español.

Suki los observó, mientras el hombre asentía y respondía con monosílabos, hasta que ya no pudo más.

–¡Dime qué ocurre! –le suplicó a Ramón.

Los ojos verdes de este brillaban de felicidad cuando le respondió:

–Dice que el bebé está sano y que todo va muy bien.

Suki tembló por dentro.

–¡Ay, Dios mío! –exclamó emocionada.

–¿Te lo dije o no te lo dije? –le susurró Ramón al oído.

La risa de alivio de Suki se tornó en lágrimas, y cuando Ramón la abrazó con fuerza, el poder descargar al fin la preocupación que se había acumulado en su interior la hizo llorar aún más. Su bebé estaba bien... y quizá ellos pudieran conseguir que su matrimonio funcionara.

Horas después, mientras se vestía para la exposición, esa esperanza había enraizado con fuerza en su corazón.

Aún estaba sonriendo cuando Ramón llamó con los nudillos a la puerta de su dormitorio, pasados unos minutos.

–Este vestido... este es el que más me gusta –murmuró, recorriéndola con la mirada.

Ahora que su cuerpo estaba empezando a cambiar por el embarazo aquel vestido rojo le quedaba un poco más justo que cuando se lo había probado semanas atrás en Miami, pero hasta ella, al mirarse en el espejo, había pensado que le quedaba perfecto.

El móvil de Ramón sonó en ese momento, como si le hubiera llegado un mensaje. Lo sacó del bolsillo, y al mirar la pantalla se puso tenso.

–¿Qué pasa? –le preguntó Suki.

–Perdona, preciosa, pero tengo que ir abajo para ocuparme de un asunto –respondió él acariciándole la mejilla–. Quédate aquí; volveré en diez minutos y nos iremos a la exposición.

Suki apenas había asentido con la cabeza cuando

él ya salía por la puerta. Frunció el ceño, contrariada, y salió del dormitorio. Empezó a pasearse por el salón, y acabó saliendo a la azotea. Cuando oyó pasos detrás de sí se volvió aliviada, porque ya estaba empezando a preocuparse, pero se encontró con la última persona a la que habría esperado ver en ese momento: Svetlana Roskova. Parecía una diva, con su cabello rubio platino recogido en un impecable moño y un vestido blanco sin mangas que resaltaba su esbelta figura.

Sus ojos grises la miraron inquisitivos de la cabeza a los pies antes de que se acercara y se detuviera frente a ella.

–Tú debes ser Suzy –murmuró.

–Es Suki. ¿Puedo... puedo ayudarla en algo? –inquirió ella, detestando lo balbuceante que había sonado su voz.

La modelo esbozó una sonrisa melosa.

–¡Ay, cariño!, si soy yo la que he venido a ayudarte a ti...

–No... no sabía que necesitase ayuda.

–No pasa nada. Las chicas tenemos que ayudarnos –murmuró Svetlana caminando en círculo en torno a ella mientras paseaba la vista a su alrededor–. Me encanta este hotel, aunque mi favorito es el de Abu Dabi. Ramón no reparó en gastos cuando lo construyeron. También es un poco menos... anticuado que este. La verdad es que no le veo el atractivo a las antigüedades –le confesó riéndose–. Por eso en cuanto pude lo convencí para redecorar ese mausoleo al que llama hogar.

Suki la miró con los ojos muy abiertos. De modo que había sido ella quien había hecho que cambiaran la decoración...

–¿A qué ha venido? –insistió Suki.

De pronto se notaba el estómago revuelto, como si algo dentro de ella se temiera lo peor.

La belleza rusa se paró en seco al ver el anillo en su dedo.

–Ah, a ti también te ha dado uno de estos... –extendió la mano derecha para mostrarle el anillo de diamantes que ella llevaba, mucho más ostentoso que el suyo–. ¿Cómo fue?, ¿también te sedujo con una cena y buen vino y luego te sorprendió con una visita del joyero?

Una terrible punzada atravesó el pecho de Suki.

–No es asunto suyo.

Svetlana se encogió de hombros y se puso a caminar de nuevo en torno a ella antes de detenerse a su espalda y susurrarle al oído:

–A mí también me prometió la luna cuando me quedé embarazada.

Suki palideció y se volvió hacia ella.

–¿Qué?

La rubia esbozó una sonrisa triste.

–Por desgracia no pudo ser, pero después de eso todo se volvió un despropósito. Ramón quería que dejase mi trabajo y que intentáramos tener otro bebé. Y yo le quiero, pero cuando le pedí un poco más de tiempo se puso hecho un basilisco.

–¿Por eso le engañó con otro?

Svetlana parpadeó, aturdida, pero se repuso rápidamente.

–Todo eso ya está olvidado; Ramón me ha perdonado. Y ahora que va a tener un crío, como quería, ya no hay ninguna razón por la que no podamos estar juntos.

–¿Perdón?

–Sí, ya lo sé, seguro que te ha enredado diciéndote que todo funcionará y que seréis una familia feliz. Pero lo que no te ha dicho es que sigue enamorado de mí. Si de verdad crees que vas a echarle el lazo es que eres una ilusa. Solo te está utilizando, y en cuanto tenga a su hijo te dará el puntapié.

–¿Por qué debería creerla?

–Porque es a mí a quien no puede sacarse de la cabeza. Es a mí a quien pinta y esculpe cuando está encerrado en su estudio. Está tan obsesionado conmigo como yo lo estoy con él. Ha sido así desde el día en que nos conocimos. Si no me crees, no tienes más que levantar esas telas negras con las que cubre sus obras cuando vuelvas a Cienfuegos.

–Así que ha venido aquí... ¿para qué, para advertirme?

–Ramón me está esperando abajo, de modo que seré breve: he venido a ponerte sobre aviso antes de que empieces a montarte en la cabeza un cuento de hadas que nunca se hará realidad. Puedes poner fin a esto, o contentarte con ser la otra, porque Ramón siempre me pertenecerá a mí –sonrió y le dio la espalda para volver dentro, pero justo antes de cruzar el umbral se giró de nuevo–. Ah, y no te molestes en preguntarle; lo negará todo. Aunque, bueno, pensándolo mejor, pregúntale. Cuanto antes pongamos las cosas en claro, antes ocupará cada uno el sitio que le corresponde.

Y despidiéndose de ella con un gesto burlón, se alejó en medio de una nube de caro perfume, sin preocuparse en lo más mínimo por la vida que acababa de destrozar.

Capítulo 13

YA NO era una niña. Ni era como esas actrices melodramáticas de telenovela que optaban por quedarse calladas y enrabietadas, o por dejar pasar el tiempo para luego hacerse las víctimas.

Por eso, antes incluso de que Svetlana se hubiera ido, tuvo muy claro que iba a preguntarle a Ramón por lo que le había dicho. Tenía que darle un voto de confianza.

Llamaron a la puerta. Era un botones del hotel.

–El señor Acosta me ha pedido que le diga que un asunto lo ha retrasado y que la acompañe a la galería, donde se reunirá con usted en cuanto pueda.

«Dale un voto de confianza. Dale un voto de confianza...».

–Ah, comprendo. Pero no hace falta que me acompañe; sé dónde está la galería.

El botones frunció el ceño.

–¿Está segura?

Suki esbozó una sonrisa forzada.

–Sí, claro –murmuró–. Pero gracias.

Cuando el chico se hubo marchado, fue por su bolso y salió de la suite, pero una media hora después de que llegara a la galería Ramón aún no había aparecido.

«Confía... Confía...», se repitió. Pero aquella afirmación estaba perdiendo fuerza por momentos porque era imposible que en todo el tiempo que llevaba allí no se hubiera cruzado con Ramón. No, no estaba allí. Ni tampoco Svetlana. ¿Significaba eso que estaban juntos en alguna otra parte del hotel?

¿Sería verdad lo que Svetlana le había dicho? ¿Tan enamorado estaba de ella, que estaría dispuesto a volver a su lado después de su infidelidad?

Con el alma desgarrada, continuó buscándolo hasta que llegó a una puerta de doble hoja con un cartel que decía: «Solo empleados». Se mordió el labio. No, no podía entrar allí. Claro que... era la prometida del dueño del hotel, ¿no? Empujó la puerta con una mano temblorosa y entró. Había un amplio pasillo con dos despachos a cada lado. Se asomó a cada puerta, pero todos estaban vacíos.

Aliviada, volvía ya sobre sus pasos cuando oyó la risa de Svetlana. Provenía de unas escaleras al fondo, en las que no había reparado antes. Entonces se oyó la profunda voz de Ramón. Se acercó un poco, se asomó con sigilo y los vio en el piso de abajo, muy cerca el uno del otro.

–He hecho lo querías –murmuró Svetlana–. Ahora te toca a ti.

–¿De verdad crees que las cosas son así de simples? –le espetó él.

Parecía enfadado, pero había algo más en su voz, algo que hizo que un escalofrío le recorriera la espalda a Suki.

–Está arriba –contestó Svetlana–. Lo único que tienes que hacer es decirle...

Ramón la agarró por los brazos con brusquedad y masculló algo en español que Suki no entendió.

–¡Dios!, me encanta cuando te pones así de rudo... –murmuró Svetlana.

Se balanceó hacia él, acortando la poca distancia entre ellos y subió las manos por su torso. Él no la apartó, sino que la acorraló contra la pared y plantó las manos a ambos lados de su cabeza. A Suki se le revolvió el estómago.

–Svetlana...

–No sabes cómo echaba de menos oírte decir mi nombre.

Suki se tambaleó hacia atrás, pero por suerte el suelo de moqueta amortiguó el ruido.

Momentos después seguía tan aturdida que, aunque no recordaba haber salido de allí, volvía a estar en la exposición. Y un camarero debía haberle ofrecido una copa de champán, porque tenía una en la mano, aunque tampoco recordaba haberla aceptado. La dejó sobre la bandeja de otro camarero que pasaba. Tenía que salir de allí. Tenía que...

–¿Qué te ocurre, Suki? Estás muy pálida.

Al oír la voz de Ramón se giró y se quedó mirándolo, incapaz de contener el dolor que le desgarraba el corazón, incapaz de soportar esa mirada culpable en sus ojos. «Contrólate; no pierdas la calma...». A lo lejos vio a Svetlana. «Contrólate, contrólate...». Esbozó como pudo una sonrisa.

–No me ocurre nada. ¿Ya has resuelto ese asunto del que tenías que ocuparte?

Él se puso tenso y entornó los ojos.

–Sí.

–Ah. Bien.

Dos invitados se acercaron a ellos y uno agarró a Ramón del brazo.

–¡Estás aquí! Hemos estado buscándote por todas partes. Ven a conocer a...

–Perdonad un momento –los interrumpió él con

aspereza. Se volvió hacia ella con el ceño fruncido–. Suki...

–Tranquilo, ve con ellos. Cumple con tu tarea de anfitrión; ya iré a buscarte si te necesito.

Ramón apretó la mandíbula, reticente, pero no podía comportarse como un grosero con sus invitados, así que no le quedó más remedio que ser cordial y acompañarlos. Y, mientras se alejaban, Suki vio como los labios de Svetlana, que había estado observando la escena, se curvaban en una sonrisa arrogante. No iba a quedarse allí ni un segundo más.

Cuando oyó la voz de Ramón llamándola, Suki creyó que estaba soñando, pero una mano la zarandeó por el hombro, haciendo que se despertase del todo. Se dio la vuelta y en la penumbra vio la silueta de Ramón, de pie junto a la cama, recortada contra la luz del cuarto de baño. Por la rendija entre las cortinas del balcón se filtraba ya la luz del sol.

Se incorporó, rogando por que no se le notase que había estado llorando antes de quedarse dormida.

–¿Quieres algo? –le preguntó, con la voz ronca por el sueño.

–Anoche te fuiste de la exposición sin decirme nada.

–Estabas... ocupado –contestó ella–. ¡No! –exclamó cuando él fue a inclinarse para encender la luz de la mesilla de noche.

Ramón se irguió.

–Son las nueve de la mañana. ¿Prefieres que hablemos en la penumbra por alguna razón?

–Me... me duele un poco la cabeza –murmuró ella. «Y también el corazón...»–. ¿Qué quieres?

–Me ha llamado el médico de tu madre; necesitaba hablar contigo.

A Suki el corazón le dio un vuelco.

–¿Ha pasado algo?

–Tu madre tiene dudas con respecto a la siguiente fase del tratamiento –le explicó él–. Intentaron llamarte al móvil, pero no lograron ponerse en contacto contigo. Ni yo tampoco.

Suki había visto sus llamadas al subir de la exposición, pero se había sentido incapaz de contestar.

–Lo silencié para poder dormir –se excusó, alargando la mano para alcanzar el móvil, que estaba sobre la mesilla–. Si no te importa, ahora querría llamar al hospital.

–Suki, tenemos que hablar...

–Seguro que puede esperar; esto es importante.

Ramón se quedó mirándola ceñudo antes de marcharse. Suki buscó en sus llamadas perdidas la del médico, que contestó tras un par de tonos.

–Ramón me ha dicho que me habían llamado.

–Así es. Creemos que su madre necesita de su apoyo para la segunda fase del tratamiento. ¿Podría venir y hablar con ella?

–Claro; esta tarde estaré ahí.

–Excelente. Hasta esta tarde entonces.

Suki colgó, y tras darse una ducha y vestirse fue en busca de Ramón, al que encontró paseándose arriba y abajo por el salón de la suite.

Verlo a la luz del día, sabiendo lo que había estado haciendo con Svetlana la noche anterior, hizo que le entraran ganas de abalanzarse sobre él y arañarle la cara, pero necesitaba reservar sus energías para ocuparse de su madre.

–Los médicos creen que a mi madre le iría bien

que estuviese a su lado cuando comience la segunda fase del tratamiento –le dijo.

Él la miró pensativo antes de asentir.

–Saldremos para el aeropuerto después de desayunar.

–Si no te importa, preferiría que no me acompañaras. Creo que mi madre estará más tranquila si voy sola.

Ramón frunció el ceño.

–El doctor me hizo el chequeo ayer y dijo que está todo bien –le recordó ella–. Estás empezando a agobiarme y, francamente, me vendría bien que me dejaras respirar un poco.

Ramón apretó la mandíbula y sus ojos se oscurecieron.

–Está bien. Tengo un proyecto que terminar y me llevará unos días. Puedes quedarte con tu madre hasta entonces. Iré por ti y regresaremos juntos.

–Gracias –contestó ella con aspereza.

–Llegaré a finales de semana –le recalcó Ramón–, así que aprovecha para «respirar» todo lo que puedas porque el viernes por la mañana tú y yo vamos a hablar.

Al llegar al hospital Suki encontró a su madre mucho mejor de aspecto, pero solo llevaba unos minutos sentada junto a su cama, cuando Moira se echó a llorar.

–Mamá... ¿qué te pasa? –le preguntó, tendiéndole una caja de pañuelos de papel.

–Sé... sé que es absurdo, pero ahora que tengo la posibilidad de ponerme bien y recuperar mi vida, no puedo evitar pensar en el pasado. La infección que he pillado y que podría echar a perder el tratamiento también me preocupa, pero... –Moira sacudió la cabeza y los ojos se le llenaron de lágrimas.

Suki le tomó la mano.

–Todo saldrá bien, mamá.

Su madre la miró de reojo.

–¿Tú crees? ¿Y tú por qué estás llorando?

Suki, a quien también se le habían saltado las lágrimas, dejó escapar una risa temblorosa.

–¿Por solidaridad? –aventuró.

–¿No tendrá que ver con ese brillo que irradia tu piel, como cuando estás embarazada?

Suki contrajo el rostro.

–No pretendía ocultártelo; es que...

–No querías preocuparme, lo sé. ¿Es de Ramón?

Suki le explicó, sin entrar en detalles, el acuerdo al que habían llegado, que los dos deseaban ese hijo, de cuántas semanas estaba, y que el embarazo iba bien.

–Lo que pasa es que me he enamorado de él, y no estoy segura de que él pueda llegar siquiera a sentir algo por mí –concluyó.

Moira entornó los ojos y, con ese tono severo de la madre que le había enseñado a respetarse a sí misma, le espetó:

–¿Y?

–¿Y no debería conformarme con menos de lo que merezco? –contestó Suki.

Su madre sonrió y apoyó la cabeza en la almohada.

–Así es. Y si las cosas no salen bien, al menos ahora sé que te enseñé bien –murmuró antes de cerrar los ojos.

El viernes por la mañana, cuando le dijeron a su madre que la infección se había curado, Suki se despidió de ella con un beso y tomó un taxi para volver a casa. Había pensado ir directamente al Hotel Acosta Londres, donde había quedado en reunirse con Ramón, pero necesitaba darse una ducha y dormir un poco antes de enfrentarse a él.

Antes de ir a casa decidió pararse a comprar unas cosas en el supermercado de la esquina, y estaba esperando para pagar cuando el corazón le dio un vuelco al ver la portada de una de las revistas del expositor junto a la caja.

En la portada se veía, a gran tamaño, una fotografía borrosa de Ramón y Svetlana hecha con un objetivo telescópico. Ramón tenía el torso desnudo, y del bolsillo trasero del pantalón le colgaba ese paño que usaba cuando estaba esculpiendo. Svetlana, con la melena despeinada cayéndole por la espalda, solo parecía llevar puesta una camisa de hombre sin nada debajo, y estaba literalmente colgada de Ramón, con los brazos en torno a su cuello y las largas piernas rodeándole la cintura. Y lo peor de todo: estaban en la azotea de la villa, la villa que ella había sido tan tonta como para pensar que algún día sería su hogar.

La voz de la cajera repitiéndole el importe la devolvió a la realidad. Aturdida, pagó y salió del supermercado con las piernas temblando.

Ya en casa, soltó la bolsa del supermercado en la mesa de la cocina, subió al dormitorio y se metió en la cama, tapándose con la colcha hasta la cabeza.

No debían haber pasado ni cinco minutos cuando llamaron a la puerta. O quizá hubieran pasado cinco horas. La verdad era que no lo sabía, y tampoco le importaba. No iba a levantarse a abrir.

Luego empezó a sonarle el móvil, y también lo

ignoró, pero a continuación se oyeron unos fuertes golpes en la puerta.

–¡Abre la puerta, Suki! Sé que estás ahí.

Era la voz de Ramón.

–¡Márchate! –le gritó.

Y creyó que se había marchado, porque todo se quedó en silencio, pero entonces, de repente, se abrió la puerta del dormitorio y entró Ramón.

–Levántate de la cama; ahora –le ordenó.

Suki se incorporó como un resorte.

–¡Por Dios! ¿Cómo has entrado?

–Por la ventana de la cocina. Cuando hayamos acabado de hablar de nosotros, tendremos unas palabras sobre medidas de seguridad.

Suki lo miró sombría.

–No hay ningún «nosotros», Ramón. Me engañaba al creer que esto tenía alguna posibilidad, pero te aseguro que tengo los ojos bien abiertos; ahora que sé qué clase de hombre eres.

Ramón palideció ligeramente antes de apretar los labios.

–¿Has dejado que esa zorra te envenene el oído y has decidido que soy culpable? Sí, me he enterado de que subió a la suite y estuvo hablando contigo. ¿No pensabas decírmelo?

Lágrimas de rabia empañaron los ojos de Suki, que apartó la colcha y se levantó.

–Subió porque tú la habías mandado a hablar conmigo. ¡Ah, y no te olvides de vuestro encuentro en las escaleras! ¿Te excitaste magreándola mientras ella gemía en tu oído? –lo increpó–. «¡Dios! Me encanta cuando te pones así de rudo...» –murmuró remedando a Svetlana–. «Echaba tanto de menos oírte decir mi nombre...».

Ramón se quedó mirándola boquiabierto.

–¿Estabas allí?

Suki se cruzó de brazos.

–No me quedé hasta el final, si es lo que estás preguntando.

–Pues es una lástima, porque si te hubieras quedado sabrías cuál es la verdad, en vez de hacerte daño a ti misma con conclusiones precipitadas. Y dejemos una cosa bien clara: yo no la mandé a hablar contigo.

–¡No te atrevas a volver esto en mi contra! Me mentiste cuando me dijiste que tenías que ocuparte de unos asuntos. Y me mentiste de nuevo cuando volviste a la exposición con la culpa escrita en la cara.

–Ella era el asunto del que tenía que ocuparme, porque se presentó allí sin invitación. No quería que creara problemas, así que bajé para decirle que se fuera y no sé cómo consiguió burlar a los guardas de seguridad y subió a nuestra suite.

–¿Y tú vas a hablarme de medidas de seguridad? ¡Pues vaya unas medidas de seguridad que tienes en tu hotel...!

–Svetlana es muy... astuta.

–¿Te refieres a que sabe cómo hacer que los hombres hagan lo que quiera? ¿Incluido tú?

–No. Ya te lo he dicho: rompí con ella. Rompí con ella hace mucho.

–Pues hay una foto en la portada de cierta revista que parece indicar lo contrario –apuntó ella–. Y no vayas a decirme que es falsa porque no me chupo el dedo.

Ramón resopló exasperado.

–No es falsa. Estuvo en la villa hace dos días.

A Suki le flaquearon las rodillas. Cuando Ramón la sostuvo e intentó conducirla a la cama, se resistió.

–¡Madre de Dios!, ¿quieres tranquilizarte? –la increpó él.

–No, no quiero. ¿Por qué no me dijiste que a ella también la dejaste embarazada? –le espetó Suki–. ¿Sabes qué? Me da igual. Lo que quiero es... ¡Lo que quiero es que salgas de mi casa!

–Te mintió, Suki. Nunca hubo ningún bebé. Y no me voy a ninguna parte. No hasta que me hayas escuchado.

Y, dicho eso, tomó asiento en la cama y la sentó a ella en su regazo, rodeándole la cintura con los brazos para que no pudiera escapar.

–Piensa con la cabeza –le dijo Ramón–. Llevas casi dos meses conmigo en Cienfuegos; ¿acaso has visto paparazzis merodeando por la villa durante ese tiempo?

Suki apretó los labios.

–No, pero...

–Y entonces, ¿por qué iban a presentarse allí ahora, de repente, si no les hubiesen dado un aviso para que fueran? Ella lo orquestó todo de principio a fin.

–¿Por qué?, ¿porque está desesperada por que vuelvas con ella? ¿Y qué me dices de la camisa que llevaba en esa foto? ¿Vas a negar que era tuya?

–Probablemente fuera alguna camisa que se quedó sin decírmelo, del tiempo que estuvimos viviendo juntos. No sé cómo entró en la villa; apareció de repente y se abalanzó sobre mí.

Suki sacudió la cabeza, incapaz de contener las lágrimas que se agolpaban en sus ojos. Ramón maldijo entre dientes y, tomó su rostro entre ambas manos para que lo mirara.

–No te hagas esto; ¿no ves que no merece la pena?

A Suki se le escapó un sollozo.

–Es que no puedo quitarme esa imagen de la cabeza...

–Pues inténtalo. Aunque no me hubiera engañado, dudo que hubiéramos llegado a casarnos.

No iba a hacerse ilusiones, no iba a hacerse ilusiones, no... ¿A quién quería engañar? Un llamita de esperanza había prendido ya en su corazón.

–¿Que no...? –balbució.

Él negó con la cabeza.

–La chispa inicial se apagó muy pronto. Y los dos lo sabíamos, pero ella no quería admitirlo y al principio yo no me atrevía a cortar con ella porque me sentía un poco... culpable.

Ella parpadeó.

–¿Culpable? ¿Por qué?

–En varias ocasiones me oyó preguntándole a Luis por ti, y eso la ponía celosa. Siempre sospechó que yo sentía algo por ti y... bueno, no se equivocaba.

A Suki se le cortó el aliento.

–¿Tú... sentías algo por mí?

–Cada vez que nos veíamos me costaba más dejar de pensar en ti. Supongo que en parte por eso...

–¿...eras tan cruel conmigo?

Ramón se rio suavemente.

–Bueno, no podía tirarte del pelo, como habría hecho un colegial encaprichado de una compañera de clase.

–Nunca se sabe; a lo mejor me habría gustado... –bromeó ella, pero luego se puso seria–. Ramón, yo...

–Yo jamás te engañaría con otra, Suki –la interrumpió él–. Te lo juro. Te quiero; solo a ti.

Al oír eso, Suki sintió como si el corazón se le hubiera parado un instante antes de que empezara a latir apresuradamente. Parpadeó para contener las lágrimas, se echó hacia atrás y escrutó su rostro.

—Tú... ¿me quieres?

—Después de aquella noche que hicimos el amor por primera vez no podía sacarte de mis pensamientos. Estuve a punto de llamarte al menos dos docenas de veces cada día, y hasta te odiaba un poco porque durante semanas fui incapaz de concentrarme en nada. Y cuando Luis me dijo lo del embarazo, lo primero que pensé fue que por fin tenía una razón para formar parte de tu vida...

—Y luego esa razón desapareció —murmuró Suki.

Ramón apoyó su frente contra la de ella.

—Ese fue uno de los peores días de mi vida —murmuró, su voz ronca por el dolor—. Y siento cómo reaccioné, sin saber toda la verdad. Tienes todo el derecho a odiarme por las cosas que te dije. Pero es que... perder a Luis y a mis padres después de enterarme de que ese bebé no llegaría a nacer... me volvió loco. No te pido que me perdones ahora, pero... ¿crees que podrás perdonarme algún día? —le suplicó.

—Te perdoné en el momento en que accedí a tener este hijo contigo —dijo ella, poniendo una mano en su vientre.

Los ojos verdemar de él la miraron llenos de emoción.

—No te merezco...

Ella tomó su rostro entre ambas manos y murmuró con una media sonrisa:

—Es verdad, no me mereces, pero soy tuya; toda tuya.

Un cosquilleo recorrió a Ramón, que tumbó a Suki en la cama antes de colocarse a horcajadas sobre ella.

—Dilo otra vez —le pidió, con su boca a unos milímetros sobre la de ella.

–Soy tuya –susurró ella con fervor, sin poder contener ya las lágrimas.

Los ojos de Ramón se humedecieron también. La desvistió con manos temblorosas, pero al llegar a sus braguitas se detuvo vacilante.

–Los médicos dijeron que no pasaba nada por que lo hiciéramos, ¿no?

–Lo dijeron hace semanas, pero tú decidiste torturarnos a los dos.

Ramón contrajo el rostro, compungido.

–Te lo compensaré. ¿Te parece bien?

Ella asintió de inmediato y se rio.

–Sí, amor mío. Me parece mejor que bien.

Epílogo

Ocho meses después

Desde que naciera su hijo Lorenzo, Ramón no podía dejar de hacerle fotos con Suki, y aunque solo había pretendido que formaran parte del álbum familiar, eran tan artísticas que acabó haciendo reproducciones en blanco y negro y exponiéndolas en su galería de La Habana, y obtuvieron un éxito inesperado, convirtiéndose en un fenómeno mundial. Eran fotografías en las que se la veía dando el pecho a Lorenzo, bañándolo, o simplemente echándose una siesta con él, pero su belleza, tan pura, había hecho que varias editoriales quisieran contratarla para hacer libros de gran formato con fotografías suyas. A Suki la incomodaba ser el centro de atención y había rechazado todas esas ofertas, y ese día, cuando tuvo que acudir con él a la inauguración de la exposición, echaba humo, pero en cuanto vio aquellas fotos a gran tamaño de su hijo se le derritió el corazón.

Mientras miraban una en la que en ella observaba a su hijo, dormido en la cuna, le preguntó a Ramón con un suspiro de felicidad:

—Es un bebé guapísimo, ¿verdad que sí?

Él le rodeó la cintura con el brazo.

—Pues claro; es hijo nuestro.

Suki puso los ojos en blanco, pero se volvió para

darle un beso en los labios. Un beso que se alargó y se alargó hasta que alguien cerca de ellos carraspeó ruidosamente.

Ramón sonrió indulgente al ver que era su suegra, que se unió a ellos con su pequeño dormido en los brazos.

—Es un bebé guapísimo, ¿verdad? —les dijo Moira, mirándolo con adoración.

Suki y él se miraron y se echaron a reír.

—Eso es justo lo que yo acababa de decir —respondió Suki.

Moira había superado con éxito la última parte del tratamiento y le habían dado el alta seis meses atrás. Ahora que había recuperado las ganas de vivir, se había jubilado hacía cuatro meses y se había puesto a viajar por el mundo. Solo había hecho un alto en su camino para conocer a su nieto recién nacido y, como dentro de dos semanas se iba a Australia, estaba intentando pasar el mayor tiempo posible con él.

Moira se alejó para presumir de nieto ante los demás invitados, y Suki y él se dirigieron hacia la fotografía más grande de la exposición. Era una foto de Luis, que estaba sonriendo a alguien que quedaba fuera del ángulo de la cámara. El brillo pícaro en sus ojos había quedado reflejado allí para la eternidad.

—Lo echo de menos —admitió Ramón con voz ronca.

El dolor seguía ahí, aunque atenuado por los recuerdos felices que tenía de su hermano.

Suki lo miró a los ojos y murmuró:

—Yo también. Me siento tan agradecida por haberlo conocido, aunque no hayamos podido disfrutar de él tanto tiempo como hubiéramos querido... Me siento agradecida porque era un alma buena, y porque fue él quien te trajo hasta mí.

Ramón apoyó su frente en la de ella, como acostumbraba a hacer cuando las emociones lo superaban.

–Y yo me alegro de que me llevara hasta ti. Tú eres mi musa porque mi corazón te pertenece. Sin ti me faltaría el aire; no podría vivir sin ti. No querría vivir sin ti. Te quiero, Suki. No sabes cuánto.

–Y yo a ti más, Ramón –respondió ella, rodeándole el cuello con los brazos.

Y, poniéndose de puntillas, lo besó con todo el amor que rebosaba su corazón.

Bianca

Para asegurar el futuro de su país, Rihad debía reclamar a Sterling como su esposa...

LA HEREDERA DEL DESIERTO

CAITLIN CREWS

Sterling McRae sabía que el poderoso jeque Rihad al Bakri quería reclamar a su hija como heredera de su reino. La niña era hija de Omar, el hermano de Rihad, su mejor amigo, y había sido concebida para protegerlo.

Pero tras la muerte de Omar ya nadie podía proteger a Sterling y a su hija del destino que las esperaba.

Cuando Rihad la localizó en Nueva York hizo lo que debía hacer: secuestrarla y llevarla al desierto. Pero esa mujer directa, valiente y hermosa ponía a prueba su voluntad de hierro, remplazándola por un irritante e incontrolable deseo.

Acepte 2 de nuestras mejores novelas de amor GRATIS

¡Y reciba un regalo sorpresa!

Oferta especial de tiempo limitado

Rellene el cupón y envíelo a

Harlequin Reader Service®
3010 Walden Ave.
P.O. Box 1867
Buffalo, N.Y. 14240-1867

¡Sí! Por favor, envíenme 2 novelas de amor de Harlequin (1 Bianca® y 1 Deseo®) gratis, más el regalo sorpresa. Luego remítanme 4 novelas nuevas todos los meses, las cuales recibiré mucho antes de que aparezcan en librerías, y factúrenme al bajo precio de $3,24 cada una, más $0,25 por envío e impuesto de ventas, si corresponde*. Este es el precio total, y es un ahorro de casi el 20% sobre el precio de portada. !Una oferta excelente! Entiendo que el hecho de aceptar estos libros y el regalo no me obliga en forma alguna a la compra de libros adicionales. Y también que puedo devolver cualquier envío y cancelar en cualquier momento. Aún si decido no comprar ningún otro libro de Harlequin, los 2 libros gratis y el regalo sorpresa son míos para siempre.

416 LBN DU7N

Nombre y apellido	(Por favor, letra de molde)
Dirección	Apartamento No.
Ciudad	Estado Zona postal

Esta oferta se limita a un pedido por hogar y no está disponible para los subscriptores actuales de Deseo® y Bianca®.
*Los términos y precios quedan sujetos a cambios sin aviso previo.
Impuestos de ventas aplican en N.Y.

SPN-03

*Sabía que no era recomendable sentirse atraída
por su jefe, lo que no sabía era cómo evitarlo*

DOCE NOCHES
DE TENTACIÓN

BARBARA DUNLOP

La única mujer que le interesaba a Matt Emerson era la mecánica de barcos que trabajaba en sus yates. Incluso cubierta de grasa, Tasha Lowell lo excitaba.

Aunque una aventura con su jefe no formaba parte de sus aspiraciones profesionales, cuando un saboteador puso en su punto de mira la empresa de alquiler de yates de Matt, Tasha accedió a acompañarlo a una fiesta para intentar averiguar de quién se trataba.

Tasha era hermosa sin arreglarse, pero al verla vestida para la fiesta, Matt se quedó sin aliento. De repente, ya no seguía siendo posible mantener su relación en un plano puramente profesional.

Bianca

**Nunca pensaron que
aquella tormenta cambiaría sus vidas**

HIJA DE LA TORMENTA

LINDSAY ARMSTRONG

Rescatada durante una terrible tormenta, la sensata y discreta
Bridget se dejó seducir por el guapísimo extraño que le había
salvado la vida. Pero ella no supo que su salvador era multimillo-
nario y famosísimo hasta que leyó los titulares de un periódico.
El misterioso extraño no era otro que Adam Beaumont, heredero
del imperio minero Beaumont. Ahora, Bridget tenía que encontrar las palabras, y el valor, para decirle que su relación había
tenido consecuencias.